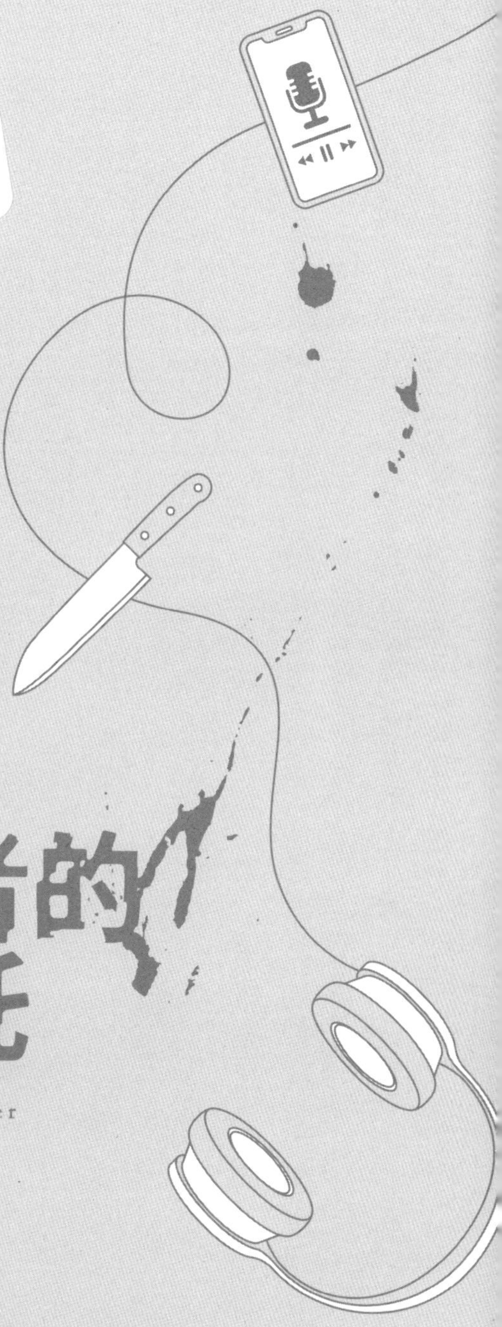

給愛慕者的殺人委託

A Murder Deal for the Admirer
by Izuki feat Ahoi

A Murder Deal for the Admirer
by Izuki feat Ahoi

A Murder Deal for the Admirer

第一章

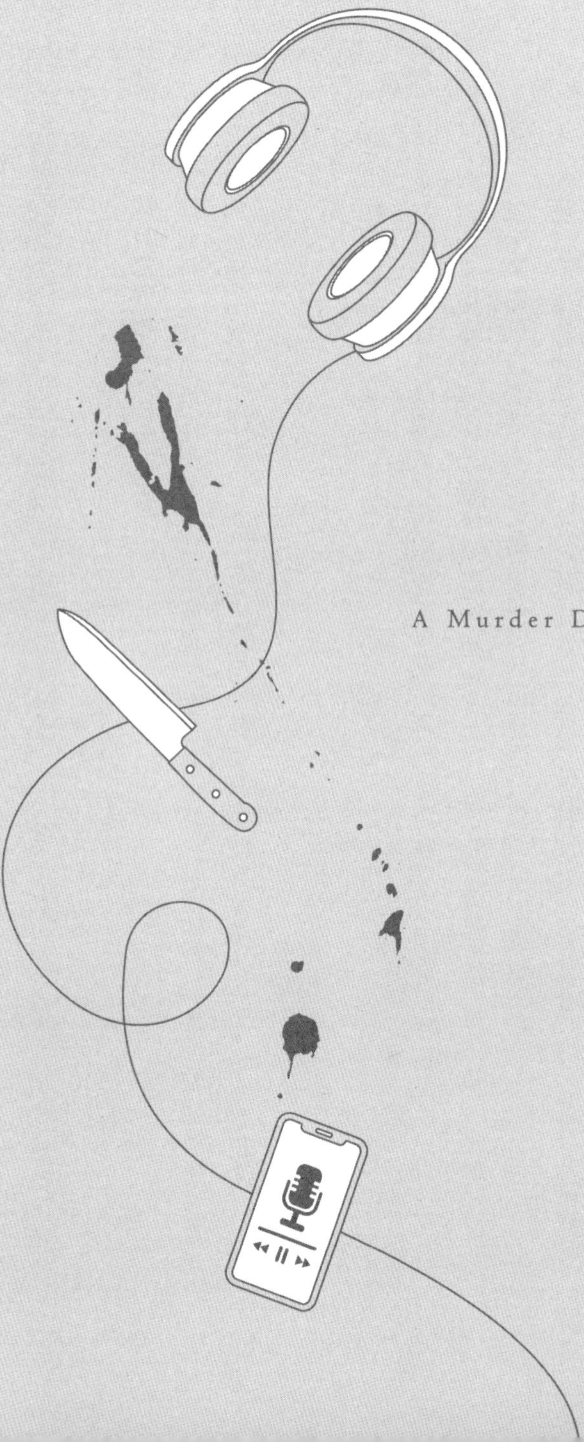

「帳戶已入帳 NT.300,000。」

戴培渲趁著店裡沒什麼客人時，摸魚看了下手機，結果從銀行APP的推播通知看到費解的訊息。他眨了眨眼，仔細數了數那串數字有幾個零，確認自己是否眼花。

三十萬。

「叮鈴。」

「歡迎光臨。」

戴培渲立刻收起手機，抬起頭露出燦爛笑容，比店長更早出聲招呼客人。

因為性格機靈反應快，戴培渲無論招待客人或是準備餐點都有條不紊，是個很能幹的工讀生，所以店長總是對他偶爾偷懶的行徑睜一隻眼閉一隻眼。

幾位打扮優雅的婦人進門，店長從她們提著的包和衣著就知道是附近高級住宅社區的住戶。她們來到櫃檯點餐時，跟大多數客人的反應一樣，多看了工讀生好幾眼，其中一個年輕太太對上戴培渲的目光，頓時面露驚訝。

「你在這裡上班嗎？」

「對呀。」戴培渲充滿朝氣卻簡短地回答，隨即面露服務業的完美微笑，「今天想喝什麼？我們的蛋糕很好吃哦。」

認出他來的年輕貴婦太太眨眨眼，順著他的提問點了飲料，還客氣地點了他推薦的甜點，最後看了看站在旁邊的店長和立刻回身準備起餐點的戴培渲，判斷出不好在人來人往的櫃檯閒聊，幾位太太一陣爭搶結帳後，便在店裡寬敞的大桌入座。

「妳認識那個漂亮的男孩子呀？」其中一個太太立刻開口詢問。

「他也是我們的鄰居，住在我那一棟的。」太太輕聲說道，語氣難掩困惑。

聽了她的回答，其他太太一陣驚呼和好奇追問。

雖然音量不大，木頭裝潢的空間容易有回音，這個時間店裡其他客人又是以用電腦辦公和讀書的年輕人為主，聊天的聲音頓時傳遍整間店。

店長和戴培渲都見怪不怪，自從戴培渲開始在這裡打工，每隔幾天就會發生一次這種對話。那桌太太似乎並不是太熟絡，彼此說話帶有一點中年人面對外人才會有的熱情與正向。當他們準備好那五人份的咖啡與餐點時，已經聽太太們在稱讚戴培渲還會出來打工體驗生活很了不起。

人潮總是會莫名地一起湧來，店內又陸陸續續來了不少客人，後來戴培渲沒有機會再偷偷用手機，因此一直無從確認起，究竟是誰匯了三十萬給他。

戴培渲沒有太大的喜悅，忙著趁隙在水槽清洗像是永無止境堆疊的玻璃杯和餐盤，也沒有思考能拿那筆突然從天而降的鉅款做什麼。

以他二十五年的人生經驗，他只確定一件事。

伴隨著不尋常大筆收入而來的，肯定會是麻煩。

※

戴培渲原以為收到三十萬當下感到棘手的自己，已經是個過度理性的悲觀主義者了，然而回家路上翻看著手機訊息時，才發現現實比他想像得更為糟糕。

沿著寬敞的大馬路走上五分鐘，過了斑馬線，會看到以古典雕刻風格打造的巨大柵門，從旁邊的小門進入，裡頭是不像首都熱鬧蛋黃區會有的寬敞空地，經過中庭廣場，米白色的步道通往數棟公寓大廈。

這個有著保全系統與各種公共設施的高級社區，是近年炒起來的熱門建案，能夠入住這裡的居民，都具有一定程度的社經地位或財力。

社區型公寓的一樓戶外空間是充滿綠意的庭園，設有長椅和涼亭，而建築內還有泳池與兒童遊樂區，以及健身房和酒吧等設施。

戴培渲走進禁止車輛通行的社區後，便肆無忌憚地邊走邊低頭滑手機，操作起他架設的網站後臺。

除了一週在咖啡店打工兩三天外，戴培渲還經營著一項不怎麼光彩的副業。許願池。

他的網站接受各種許願，不是充滿夢幻憧憬的那一種，而是難以啟齒，卻能實際為人生帶來影響的願望——從徵信社常見的抓姦、尋找寵物，到處理感情糾紛、替人惡整討厭的上司、在不良黑心企業留負評等等，他會篩選有興趣的工作來完成。

網站營運完全仰賴使用者的贊助，大多數網友都是半開玩笑地投入一百、三百、五百元的小額贊助，而在被翻牌完成願望後，往往會進行第二次贊助，投注更大筆的金額當作賞金。

雖然絕對不乏那種貪小便宜，厚著臉皮只給一塊、五塊錢的客人，不過這就是評估使用者性格的時刻。戴培渲能提前推測個案的防衛心和不信任感比較強，可能對於服務更為挑剔、計較，從委託金額和文字內容看出端倪，避開會帶來麻煩的委託人。

而這次的委託人是完全相反的類型，沒有任何事前的諮詢與連繫，直接轉來三十萬。

戴培渲沒有花太多時間就從網站後臺找到委託內容，訊息欄只有短短一句話。

「結束這個人的性命。」

沒有留下任何連絡方式，也不像大多數委託人都會傾倒垃圾似的，在留言內容中吐露憤恨與委屈，為了強調復仇的正當性而不斷抱怨目標對象多麼可惡。

然而正因為透露的訊息十分稀少，反倒顯露出這起委託的真實性。委託殺人的客戶顧慮到他可能會報警，沒有留下任何能夠追查身分的蛛絲馬跡。

戴培渲深深嘆了口氣，網路上什麼瘋子都有，這也不是他第一次接到奇奇怪怪的委託或留言了。他找了張自家社區庭院的長椅坐下，考慮如何拒絕這個案件。

想要殺掉一個人，不惜重金冒險從網路上找陌生人幫忙。戴培渲認為委託人也許真的遇到了難以想像的重大傷害，才會產生深仇大恨，因此他並不打算直接去找警察，辜負他人的請託。

當然，還有一部分原因是戴培渲也不想跟警察扯上關係。像他這種沒有正當穩定職業的成年人，外界總是有一些有色眼光。

何況偏見有時來自於經驗的累積，他還真的不是什麼正派人士。

戴培渲隨手點開了委託人提供的資料，映入眼簾的目標照片讓他瞬間怔住。

黑髮男人相貌英俊，年紀不超過三十歲，對著鏡頭露出如同廣告形象照般的完美微笑，略顯冷淡的深邃眼眸卻很引人注意。儘管只有上半身入鏡，寬闊的肩膀與骨架能看出是個身形修長的男人。

他傻傻地望著那張照片半晌，與照片中十分熟悉的好看男人四目相對。

除了男人出眾的英俊外貌，還有另一個原因讓戴培渲無比驚訝，他認得照片中的目標。

戴培渲收到了三十萬，要求他殺害自己的鄰居。

※

這時，一道眼熟的高䠷身影掠過餘光。

戴培渲猛然站起身來，快步跟了上去，走進自家公寓大樓入口，穿過有管理員的一樓櫃檯，和走在前方提著塑膠袋的男人擠進了同一班電梯。

男人回過頭來，瞥了一眼行為有點躁進的戴培渲。

「嗨。」戴培渲揚起嘴角，擺出明亮的笑容打招呼。

他的外貌有點中性，一雙淺褐色的漂亮眼睛、精緻的五官與小巧的臉蛋，本來就很引人注目，而他笑起來時看起來更好看，彎起弧度的眉眼更為動人，以前學生時代常被同學起鬨誇獎很有偶像閃閃發亮的氣質，十足魅惑人心。

男人顯然認出了他是住在隔壁的鄰居，僅只是目光在戴培渲的臉上停留了兩秒，便低垂下視線，點了個頭充作招呼。

按下樓層後，男人便一言不發地朝後方退了幾步，視線沒有和戴培渲對上，肢體語言充分透露出沒有打算進行任何鄰居友好的寒暄。

顯然這也不是一個適合開口問「嗨，你知不知道有人買凶殺你呀？」的情境。

從男人淡然的神態、挺拔的身姿，能看得出來他並不害怕社交，只不過是認為沒有必要。

戴培渲試著思索怎麼打開話匣子。搬來這個社區以來，他不是沒有試過和林俊成搭話，不過對方總是興致不高。

他瞧了一眼男人手裡提著的微波食品以及超商咖啡，有點意外林俊成會吃超商的食物。

目標是對飲食不講究的類型，生活習慣可能比較隨意。雖然沒打算下手，戴培渲還是不自覺觀察起來。

有一定社經地位的白領階級就算沒什麼時間發展興趣，也會開始涉獵美酒佳肴，即使是為了應酬交際，一餐吃到兩三萬起跳的餐廳都不奇怪。

而味蕾是很難倒退的，就像許多小時候喜歡的柑仔店零食，成年後再次品嚐，就難以忽視廉價的甜味。嚐遍美食後，味覺也容易變得挑剔。

即使還沒有深入調查過目標，戴培渲知道林俊成屬於那一種年輕富有的男性。

「怎麼了嗎？」這時，磁性好聽的男性嗓音在電梯裡響起。

戴培渲誇張地泛起雞皮疙瘩，被迴盪在寂靜密閉空間裡的男人聲音嚇了一跳。抬起頭來，發現林俊成居然主動向他搭話了，視線猝不及防地撞在一起，對方正靜靜地端詳著他。

他從眼角餘光瞥了眼電梯裡的鏡子，戴培渲自認是不太容易外顯情緒的類型，從鏡子反射的模樣也看不出有什麼破綻，不過林俊成似乎發現了他比平時更為躁動的情緒。

「……你去了對街的便利商店嗎？」戴培渲問道。他知道討厭鄰居寒暄的年輕人多半不會喜歡被打量之後提出的話題，更不用提叨念吃超商食品不健康，因此很快將話題轉移到自己身上，「我打工的咖啡店就在隔壁的隔壁。」

林俊成看了看他，仍舊沒什麼表情，不過在應對上並不失禮，「你在咖啡店打工？」

這位染著淺褐色頭髮、容貌精緻的漂亮男生，是獨自住在公寓頂層另外一戶的鄰居。戴培渲身上穿著剪裁凸顯身形的淺色襯衫、窄管休閒長褲，打扮並不浮誇，可是了解潮流品牌的人士一眼就能看出他從手機殼、側背的小包到服飾鞋子都是精品，一身行頭粗估至少要五十萬。

「做滿半年了，我們店裡的咖啡和輕食都很好吃。」戴培渲微笑說道：「如果是我在的日子，你先說一聲，我提前幫你準備好餐點，也可以外帶。」

林俊成聽出了鄰居是在委婉地勸他別吃便利超商的微波食品，因此只是點了點頭，「我知道了，謝謝。」

電梯來到頂層，林俊成率先邁開步伐走出電梯。

雖然客氣地回應，但根本沒有和戴培渲交換連絡方式。

一層樓僅有兩戶，林俊成按下密碼鎖前，察覺到了視線而回頭瞄了一眼，只見鄰居青年慢慢踱出電梯，四目相交時，對方還投以一個漂亮的笑容，完全沒有半點心虛。

儘管沒有硬是繼續攀談，林俊成接收到對方想要拉近距離的信號。他收回視線，伸手去按密碼鎖上方的指紋辨識面板，大門傳來解鎖聲。

林俊成默默地走進家門，雖然不知道為什麼戴培渲突然換了個態度，也沒有太當作一回事。

現在這種年代，一年跟鄰居說不上幾句話都不奇怪。

他們都是去年大樓落成後的第一批住戶，相安無事了一年多的時間。這幢高級公寓每戶都是百坪以上，大多數皆為家庭住戶，林俊成入住時，有聽管理員提過隔壁住戶也是稀有的獨居年輕男人。

兩人的作息並不相同，出入時間不一樣，其實並不怎麼常遇見。即使碰到了，二、三十歲的年輕人處於事業跟人際關係較為忙碌的人生階段，對於鄰里間的交際不怎麼感興趣，同乘一班電梯直達頂樓，彼此半句話都沒有說也是稀鬆平常。

即使如此，林俊成這一年多來，偶爾和鄰居太太閒話家常時，還是能聽到不少傳聞。

單身又有優渥經濟能力的男性，總是容易成為牽線婚事的目標，鄰居太太們時不時會探問林俊成是否單身，卻不怎麼會去叨擾戴培渲。

一個二十四歲的漂亮青年，獨自住進豪宅社區頂層，似乎頗為引人遐想。

即使林俊成沒特別打探，也聽其他鄰居說過戴培渲遊手好閒，剛搬進來時沒有上班，只輕描淡寫說自己正在休息。

「才幾歲的人就想休息？」

林俊成還記得向他提起這項資訊的老太太滿臉不屑，叨念著年輕人現在不努力以後還有什麼本錢討生活。

中規中矩的排名前中段大學畢業，沒有特別耀眼的學經歷，又沒有正職，在這種容易攀比行頭的環境裡，立刻就被排到了下層階級。

即使沒有人明言，鄰居曾以曖昧語氣提起看到一個男人時不時會出入戴培渲的公寓，還猜測就是那個看起來一表人才的男性買下了那戶公寓。

戴培渲是被有錢男人包養的漂亮小男生。鄰居間都心照不宣地如此認定。林俊成對於他人的人生規劃不感興趣，不過也不打算跟過著不安定生活的人有太多往來。

無法經濟獨立還是小事，這種無法腳踏實地生活的類型突然被激發起生存恐懼時，往往會踩進好高騖遠的騙局，妄想用不正當的方式做生意賺大錢，結果反倒欠下一大筆債，將人生投入更難翻身的局面。

因此林俊成今天聽到戴培渲在咖啡店打工，暗自感到有點意外。如果對方有在兼差，也許性格比他原先預想的還要踏實。

儘管心裡對鄰居的評價悄悄提升，當林俊成闔上大門時，也隨即將之拋諸腦後，並不放在心上。

※

難得和林俊成說了幾句話，戴培渲卻顧不上開心，一回到公寓裡，便急匆匆地走進充作辦公室的書房，打開電腦進入許願池的後臺，動用各種人脈與資源調查發出殺人委託的雇主。

對方委託了住在林俊成隔壁的他。

雇主知道他認識目標。這代表戴培渲是許願池網站主人的情報可能早已外洩。

至今為止雖然沒有接過什麼太過出格的工作，可是設局讓性騷擾慣犯的大公司主管被開除、挑撥離間讓在學校附近勒索國中生的流氓惹上幫派分子、傳送曖昧簡訊給時常霸凌員工的老闆，引起家庭失和……他確實也做過不少會帶給目標大麻煩的委託。

儘管戴培渲總是經過層層審核，確定目標是個惡人才會出手，不過要是被吃了苦頭的當事人發現他在現實中的真實身分，說不定會被挾怨報復。

事關自己的人身安全與鄰居的性命，戴培渲嚴陣以待。

想殺林俊成的委託人相當謹慎，他透過關係查到匯款帳號是人頭帳戶，還轉了好幾手，和登入網站的 IP 位置一樣，查找到國外就斷了線索。

雖然一無所獲，戴培渲在蒐集資訊的過程中漸漸冷靜下來，意識到委託人很有可能並不清楚他們是鄰居，其實並不知道網站管理人的真實身分，僅僅是恰巧。

如果對方真知道戴培渲的經歷，就不會選擇雇用一個半吊子的門外漢。

許願池確實經手過一些比較具爭議性的案子，可是比起殺人放火，那些讓當事人受點皮肉痛的委託，都僅僅像是扮家家酒，不過是惡作劇的程度，戴培渲從未染指重大犯罪。

除此之外，他研究了一下買凶殺人的行情與門路，一般多半都會委託黑道分子或走投無路的底層人士，這些人沒有太多選擇，對於人命與道德法律也較為麻木。

戴培渲確實占了地利之便，可是委託人一旦曉得他的真實身分，就會知道他根本不缺錢，不會為了委託費鋌而走險。說不定戴培渲一看到委託，還會選擇直接報警或是通知鄰居，打草驚蛇。

想通這點後，戴培渲鬆了一口氣。他還沒有被牽連其中，只要按下後臺的拒絕委託鍵就能夠抽身。

雇主並沒有透露太多資訊，就算拒絕了委託，應該也不至於花費時間精力來報復他。

然而看著頁面上林俊成的照片，戴培渲手握著滑鼠，遲遲沒有動作。

——有人想要殺害這個男人。

這個事實讓心中泛起涼意。即使不是熟人，知道認識的對象深陷危險，仍舊會燃起不安。

戴培渲看著照片中男人透著一絲冷淡的眼眸，猶豫了好半晌，鬆開滑鼠，靠在電腦椅的靠枕上，深深嘆了一口氣。

夜深了，胃裡泛起淡淡的不適，戴培渲這才注意到自己還沒有吃晚餐。

他終於起身離開書房，走到廚房想煮點簡單的食物，一邊隨意地打開手機，習慣性地打開 Podcast 平臺，準備使用藍芽連接放在廚房中島上的音響播放節目。

比起音樂，一個人居住的戴培渲習慣聽 Podcast，無論是生活、社會文化、藝術、財經或是科技新知節目，他都會涉獵，大多數時候只當作消遣，順道聽取不同業界知識的皮毛，如果有聽見感興趣的內容，再另外去找資料研讀。

戴培渲的視線停留在播放清單上最常聽的節目，動作頓了一下，仍舊按下了播放鍵。

藍芽音響頓時傳來熟悉的開頭音樂，緊接著，傳來一道低沉好聽的男性嗓音，輕聲向聽眾問好。

儘管已經有心理準備，聽見男人的嗓音在自己的空間裡響起，還是讓戴培渲心頭微微震顫。

他這輩子從來沒有追過星，沒有喜歡過公眾人物，也不曾對娛樂產生執著，是那種在交友軟體自介上寫不出特別興趣的類型，可是 Podcast 節目「鯨落電臺」從早年介紹書籍、電影，到後來主持人Arthur談論外語學習、留學與海外工作經驗，甚至是根本不感興趣的外國學校申請單元，戴培渲全部都從頭到尾聽完了。

男人說話時條理分明，節目的腳本也做足功課，說話語氣溫柔知性，是屬於生活人文類型的節目中資訊量很高的Podcast，可是戴培渲明白，現在就算這個人只是聊聊生活瑣事，自己也會聽得入迷。

這是戴培渲二十五年來的人生中，最為接近於追星的體驗。

男人的聲音陪著他度過了無數夜晚，是唯一一個他會反覆聽每一集節目的Podcaster。

即使是職業級的Podcaster，要撰寫腳本、錄音，再加上剪輯後製，一週錄製一到兩集的節目就已經相當極限，因此每天都會聽節目的戴培渲，只好不時點擊舊集數播放。

只要聽著這個人的嗓音，戴培渲就會感到放鬆與安心，也會燃起一絲類似於悸動的好感，讓他能夠保持愉快的心情。

也正因為每天都聽著這個男人的嗓音，對於聲音無比熟悉，當戴培渲第一次在公寓前的走廊上聽到鄰居開口時，短短幾句話間，就令他認出了對方。

※

搬到這裡後，戴培渲從未留意過周遭的鄰居。

他出生長大的地方是其他縣市，也是住有電梯的社區型公寓，小時候在被悉心教導要有禮貌的那一種家庭長大，總是會甜甜地笑著向長輩們問好。

聰慧懂事又長得漂亮的孩子向來很受歡迎，附近鄰居阿姨都對戴培渲讚譽有加，讓他的父母親很有面子，小戴培渲在敦親睦鄰的環境下培養出了察言觀色以及和長輩相處的能力。

然而後來他有一段時間誤入了歧途，不再是那麼乖巧懂事的孩子。母親變得意志消沉，鬱鬱寡歡，戴培渲原以為只是自己造成的問題，後來才聽說有好幾個從小看著他長大的鄰居太太排擠母親，還因為他「變壞了」而幸災樂禍。

有一次戴培渲恰巧撞見了鄰居調侃母親教養出問題的場景，那位長輩從眼裡滿溢出來的愉悅讓他十分驚訝。

即使是認識多年的孩子脫離了正軌，即使明白母親非常煩惱，對於寬裕的完美家庭裡養出個不成材的兒子，從嫉妒生出的惡意，使得那些鄰居忍不住落井下石。

戴培渲那時已經上大學了，不至於因為一兩個長輩流露出人性的黑暗面就大受打擊，卻也逐漸認為這種往來不值得耗費心力。

搬到這個社區型公寓時，除了金碧輝煌的浮誇設施之外，環境也隱隱透出熟悉的氛圍。戴培渲知道如何讓那些年長的鄰居喜歡自己，卻感到意興闌珊，總是只保持著最低限度的交流。

知道對門的鄰居也是單身男子時，他也沒有親近的想法。儘管對方外貌十分英俊，偶爾遇到時會看個兩眼欣賞一下，卻沒有進一步的打算，只想到了對方可能會時常帶女伴回來。

兩人偶爾在走廊或電梯打照面，都僅點頭示意，他對於這種淡淡的鄰里關係感到滿意。

直到有一天門鈴突然響起，戴培渲透過貓眼沒有看到訪客，打開大門正巧看到外送員匆匆搭上電梯離開的身影。

門口的鞋櫃上，擺著一袋他沒有點的外送食物。

精緻紙袋裡裝著使用透明塑膠蓋的餐盒，有一份邊緣還透著淡紅色的厚切牛排、灑有藜麥的各色沙拉，生菜沙拉是用不常見的蔬菜做成，大多是在高檔餐廳與高價位進口超市才會有的食材。釘在紙袋外頭的單據寫著這一餐要上千元，還有隱匿了部分資訊的訂購人資料。

看起來就是這個公寓的住戶會點的外送晚餐。

雖然戴培渲想不起來對面鄰居的名字，這一層樓也就只有兩戶人家，他便拎起提袋，走到另一戶門前按鈴。

屋內毫無動靜，他等了好半晌，正打算要下樓交給管理室處理時，大門才傳來解鎖的聲響。

「放著就好。」隨著門板猛力打開，前來應門的高大男人冷冷開口，低沉的嗓音帶著細微的不耐。

戴培渲一瞬間愣住，站在原地動也不動。

霎時間，門裡門外同時陷入寂靜。

這是戴培渲第一次仔細觀察對方，高大身形飄散著煩躁時特有的壓迫感，男人穿著簡單的白色棉質上衣和休閒長褲，髮梢和皮膚還帶著水氣，身上有股淡淡的沐浴用品氣味。

他呆呆望著對方。手提著裝有外送食物的紙袋不給人家，讓林俊成意識到不太對勁，仔細觀察了門外的年輕男子，這才注意到戴培渲不是外送員。

「……這個放在我家鞋櫃上。」戴培渲回過神來，舉起手中的袋子，微微歪著頭。

「謝謝。」男人點了個頭，瞄了一眼自家門口，「我有在外送訂單註記無接觸取餐，他放錯位置了。」

向來伶牙俐齒的戴培渲只是睜著一雙大眼睛，出神地盯著面前的鄰居看。這個聲音非常耳熟，略顯低沉的聲線十分好聽，說話咬字清晰卻不造作，光是聲音就很迷人，只聽談吐就給人留下很有氣質的印象。

戴培渲一時有種錯覺，懷疑自己忘記拿掉藍牙耳機，手機還播放著 Podcast 頻道，導致聽到主持人的聲音，恰好和面前鄰居的談話重疊。

英俊男人的表情逐漸浮現一絲狐疑。

「我是你的鄰居，戴培渲。」他迅速擺出了個好看的笑容，用雙手遞出裝著男人晚餐的紙袋，「突然發現好像沒有正式自我介紹過，我就住在隔壁。」

聽到戴培渲大方地自報姓名，男人的表情這才緩和一點，微微頷首，「我是林俊成。謝謝你，晚安。」

語畢，接過晚餐的林俊成便退後了一步，關上大門。

如今回想起來，這是個有點糟糕的第一印象。戴培渲好心送來放錯在自家門口的外送，林俊成卻把他當作惱人的鄰居，一點也不想閒話家常。

可是當時的戴培渲完全沒有半點不適，只是傻傻又在人家家門口站了幾秒鐘。

他聽見了現場版的「晚安」。

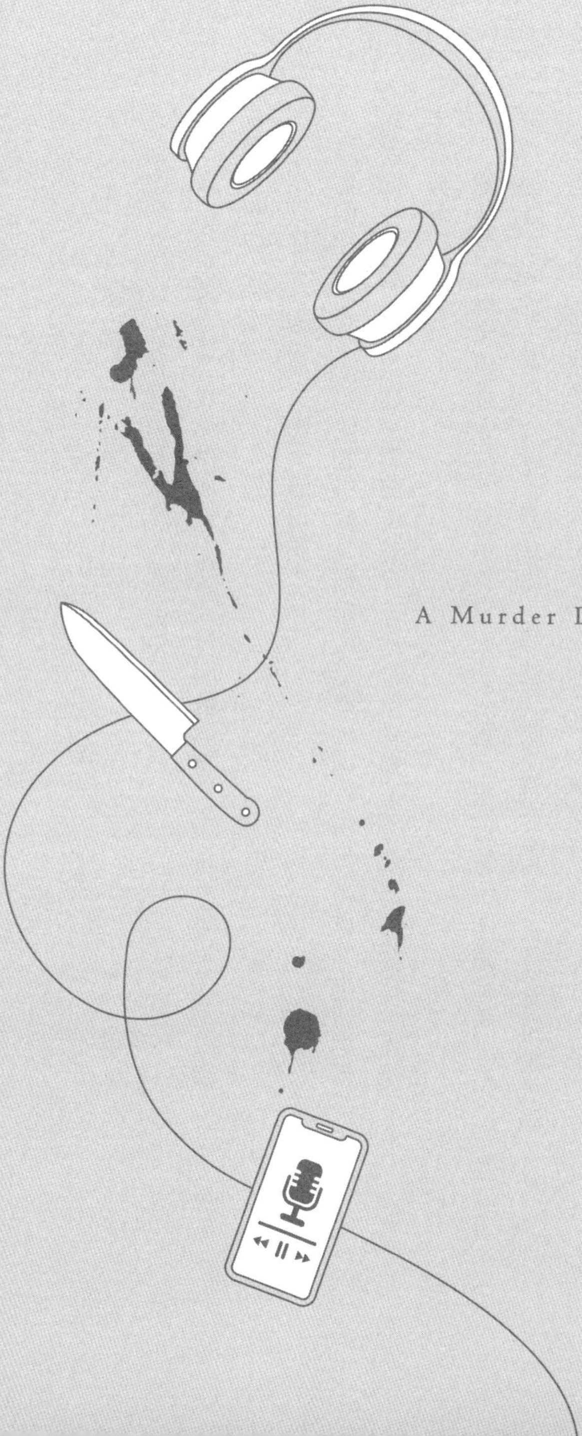

A Murder Deal for the Admirer

第二章

此生唯一一次喜歡上的偶像，就住在他家隔壁。

戴培渲很早就發現林俊成是他天天聽節目的 Podcaster，可是從未戳破，也不曾主動接近對方。

相反地，戴培渲有點刻意自制。

他的性格偏外向，能夠很輕易地跟人混熟，然而遇到林俊成時總是相當矜持。雖然偶爾在信箱前、電梯裡聊聊天氣會令他暗自雀躍，表面上依然保持疏離客氣，絲毫不打算踰矩。

戴培渲對聲音相當敏感，有很多 Podcast 節目主題有趣、知識含量豐富，背後有專業的團隊在經營，可是主持人的音色、談吐一旦不符合期望，他就會果斷放棄。

至今為止，能在各方面都滿足戴培渲的，只有林俊成一個人。

戴培渲完全沒有親近對方的念頭，不是那種想要踏足偶像私生活的類型。他對於親密關係比較悲觀，反倒擔心要是太過靠近，兩人哪天吵架鬧翻，也會失去千挑萬選好不容易感到滿意的 Podcast 頻道。

戴培渲準備著遲來的晚餐，因為沒什麼胃口，將冰箱裡剩的蔬菜和菇類通通下鍋，打算煮個熱湯了事。

音響播放著熟悉的節目，這集是介紹一本犯罪小說，故事始於向來十分完美的家庭一夕間分崩離析，出現了命案的被害者與加害者，透過媒體和鄰居的視角探究悲劇為何發生，究竟是如何走到這個地步。

當初第一次聽完這集說書，戴培渲還去找了原作小說看。故事的真相其實雷聲大雨點小，可是每位角色暗藏在心中的欲念、自卑與嫉妒，在乍看平淡的日常底下交纏增生，看得他毛骨悚然，一整個晚上熬夜看完，隔天上班還因此腰痠背痛。

可是，非常治癒。戴培渲看到網路上那本書的評價多半都是在抱怨太過強調人性黑暗面，他讀了後卻十分喜歡，也明白為什麼 Arthur 會推薦那本書。現代社會裡明明每個人都活在充滿比較的社群時代，卻對於負面的念頭避而不談，作者花了一整本書的篇幅，深刻描繪了人們在光鮮亮麗的表象之下暗藏的掙扎。

因為是隨意點了舊集數，戴培渲知道後面一集回應聽眾留言時，有忠實聽眾建議主持人可以多講一些真實犯罪，而這位聽眾本人不看小說也沒興趣。

真實犯罪是近年新媒體相當熱門的題材，無論是 YouTube 或 Podcast，都有許多人投入製作，能夠同時滿足聽故事與新聞的需求，還有警世的效果。在國外甚至有一些製作真實犯罪的節目已經發展成公司規模，製作專題討論的案件還影響到現實，讓案件重新審理，翻轉了受害者的命運。

「我不會製作真實犯罪。」Arthur 卻如此宣言，「我沒有人力和時間進行第一手查證，也不能確認當事者與媒體的言論是否真的能還原真相。以目前的製作時程考量，不考慮聊這方面的題材。」

Arthur用自我評估的方式回應，乍看之下是把責任歸在自己身上，其實他的節目有不少主題也都需要研讀大量資料，準備起來並不比討論舊案來得輕鬆。

而且真實犯罪有時著重在近似於怪談的聳動娛樂，很多熱門節目都僅僅是幾篇網路新聞與農場文章集結整理罷了，Arthur幾乎可說是在暗指這些節目不負責任。

如果換做其他媒介的公眾人物，他這番言論恐怕會被大作文章，渲染成批判其他同業。不過能夠完整聽完一個小時節目，來到尾聲問答環節的聽眾以死忠支持者居多，因此沒有人曲解Arthur的發言。

儘管如此，Arthur直接斬斷可能性，公開表明不會製作熱門題材，還是讓戴培渲留下深刻的印象。

聽著男人的聲音，戴培渲悄悄地嘆了一口氣。開放式廚房連接著偌大客廳，屋裡除了音響播放的節目之外一片安靜，毫無他人的氣息，彷彿連他的聲息也消融在寬敞的百坪公寓之中。

戴培渲下定了決心，他要接下這個委託。

※

一大清早，林俊成踏出家門，正往電梯的方向走時，一旁鄰居家門打開了。他微微揚起眉，便看見隔壁戶的漂亮青年也要出門，還穿著一身很新的運動服。

「早安。」戴培渲微笑問好。

林俊成點了個頭，這已經是這個星期第三次遇到鄰居了，以往一星期未必會碰上一次面，最近隔壁的青年似乎相當早起，作息漸漸與他交會在一起。昨天兩人也在信箱前遇到，戴培渲還等著他收好信，才一起上樓。

也許是還不習慣早起，戴培渲眨著困頓的眼皮，進到電梯裡就默默縮在角落，纖長的睫毛半掩著一雙大眼睛，像是隨時都會不小心睡著。

他穿著黑色的運動背心與短褲，雖然是強調透氣排汗的機能性服飾，談不上有什麼版型，可是黑色襯托著他的肌膚，使得那身雪白的膚色顯得更加白嫩，窄瘦的身形腰部纖細，林俊成不自覺看了幾眼。

當他的視線移到戴培渲裸露在外的手臂時，電梯門中途開啟，陸續湧進幾位趕著要去上班的大樓住戶。

抵達一樓後，鄰居們朝著大門或停車場而去，林俊成則是沿著步道走向其他棟建築物。

這個社區裡除了四棟住戶大樓之外，還有一棟生活會館，裡頭有著圖書室、會議室、游泳池以及健身房等多種設施。

戴培渲走在他不遠處，兩人保持著若即若離的距離。默默走了半晌後，漂亮青年似乎後知後覺地發現他還在，主動問道：「你也要去運動嗎？」

「嗯。」林俊成應了一聲，反問他：「健身房？」

戴培渲點了點頭，調整步伐走在林俊成身旁，有些羞澀地笑笑，「我們這邊的健身房器材好像很齊全？你常常去嗎？」

從那身看起來才剛買的運動服，體態纖細的青年似乎是才剛起步。對方睜著眼睛看了看林俊成的身材，漂亮的淺色眼眸裡是純粹的敬佩與羨慕，很少有人能做到這樣打量卻完全不引人反感。

「一週至少四次，另外還有慢跑。」林俊成說道，看到漂亮青年臉上浮現倒抽一口氣又試著鎮定的表情，嘴角勾起微笑，「已經養成習慣了。」

戴培渲一臉費解的神情，看起來就是不怎麼喜歡運動的年輕人，大概是為了健身才心血來潮想試試。畢竟在同性戀的圈子裡，健美的體魄非常受到歡迎，有時男同志甚至比異性戀更為要求與挑剔外表，這點不論國內外都是如此。

林俊成隨即又意識到，其實他並沒有跟戴培渲談論過性向，單只是從其他鄰居的流言蜚語擅自論斷似乎不太好。

走在一旁的戴培渲看到他安靜下來，也沒有勉強繼續找話題不斷搭話，這種距離感的拿捏讓林俊成感到自在。

林俊成本來就是偏好安靜的性格，成為自由工作者後少了應酬社交，對於他人的耐性也隨之減少，如果戴培渲害怕沉默尷尬而不斷說話，反而會令林俊成的好感下降。

——而戴培渲其實是知道這一點，才保持安靜。

這週以來，他第一次把男人當作目標觀察，花了很多時間心力調查對方的作息和喜好。他當然知道林俊成會去慢跑，甚至跟在對方身後跑了幾次，繞著社區外頭的自行車步道一路跑到大型公園，穿過公園再從外圍的步道繞一圈折返，那條路線跑下來差點要了戴培渲半條命。

他的面有難色不單純是演技，而是想起來那可怕的長途慢跑，大腿肌肉到現在都還在痠痛。

跟蹤觀察林俊成期間，也看過幾次他和其他鄰居寒暄。同樣是單身男子，鄰居們知道林俊成以前在美國當過很多年的工程師，一個高大帥氣、海外歸國的有錢黃金單身漢，待遇和沒有穩定工作的戴培渲完全不同，鄰居們非常喜歡跟他說話。

鄰居們不知道林俊成在經營 Podcast，他曾表露在國外有買下好幾幢房產委託租賃公司管理，還有不少股票和基金，社區裡的鄰居們都認為他是年紀輕輕才二十九歲就達到財富自由的成功人士，所以很喜歡找林俊成討論投資和金融股市走向，也有一些太太常常想要替他牽線，安排相親。

林俊成大多數時候都會保持禮貌應對，只不過戴培渲暗中觀察，發現男人其實對這些社交興致缺缺，如果對方太過積極熱情，那雙有點冷漠的眼眸裡立刻就會浮現不耐。

因此，戴培渲小心地保持距離。

進入健身房後，戴培渲很快就和林俊成分開，保留空間各自行動。

林俊成瞄了眼研究著器材的青年，戴培渲就連設定跑步機的時間與速度都不太會使用，似乎跟健身房這個空間非常不熟。

社區內的健身房也有配置教練，可是要提前預約。戴培渲獨自使用重訓器材時，林俊成走上前去，指導他施力的方式。

戴培渲有些受寵若驚地道謝，一邊有些吃力笨拙地使用著器材。林俊成站在旁邊監督了半晌，確定姿勢沒有問題，視線也落到他的手臂上。

剛才在電梯裡時，林俊成就注意到了，戴培渲雖然很瘦，卻不是那種乾巴巴靠著節食養成的體態，他的肌肉線條很漂亮。

「你有鍛鍊過什麼嗎？」林俊成直接開口詢問。

「以前練過一段時間的跆拳道，也練過巴西柔術之類的。」戴培渲喘著氣，臉頰上因為施力而逐漸染上紅暈，喘著氣的嘴唇也染上一絲血色，「小時候我常被誤認成小女生，爸媽擔心會被欺負，早早就送我去上了很多防身術，想要讓我變強壯一點。」

這是實話，戴培渲不認為這是需要隱瞞的資訊。他停下動作，喘著氣說道：「不過，我很久沒有做基礎鍛鍊了。」

「以第一天來說，這樣已經很不錯了。」林俊成看了看運動手錶，勾起嘴角說道：「繼續的話很可能會運動傷害，持續比較重要。」

戴培渲揉了揉手臂和肩頸，露出鬆了一口氣的表情，仰起頭向林俊成道謝：「晚點有空嗎？我請你喝杯咖啡，當作教練費吧？」

林俊成端詳著他，有點意外戴培渲如此主動，這一兩年來漂亮青年和鄰居們關係疏遠，光是偶爾寒暄兩句都很難得。

看著戴培渲低頭拿毛巾擦汗，彷佛貓咪清理毛皮的姿態，他似乎只是隨口一問，沒想太多就臨時起意。

「去你上班的咖啡店？」林俊成問道。

戴培渲一雙漂亮的眼睛浮現亮光，露出開心的神情，彷佛很意外林俊成還記得之前提過的個人話題，略顯驕傲地咧開嘴說道：「我還可以招待你甜點。」

他笑起來時更加好看，帶著自信的神情近乎炫目，這是之前客套應對時，林俊成從沒看過的神情。如今運動過後放鬆的狀態之下，戴培渲的神情少了拘謹，微笑的神情彷佛在發光，顯露出更加吸引人的一面。

雖然林俊成認為和有對象的鄰居走得太近不是好主意，不過如果戴培渲真的像傳聞說的仰賴金主過活，是他自身應該留意分寸。

眼下情境只是鄰居間的友好互動，因此林俊成點了點頭，難得答應了邀約。

健身房裡人潮漸漸增加，無論是商務人士還是主婦，這個社區不少居民很重視體態和健康。兩人早早結束鍛鍊，不約而同地沒有使用附設的淋浴間，說好各自回家洗澡換衣服，晚一點再會合。

他們融洽地相偕走出健身房時，正好有一名年輕的女人在跑步機上慢慢走著，用好奇的目光打量著兩人。戴培渲認出是前幾天光顧過咖啡店的貴婦團成員，便禮貌地點了個頭。

※

戴培渲這天雖然沒有打工，但和店長的關係很不錯，看到他帶朋友來，店長大方地招待了餐點。

這間店的定位是平價咖啡店，即使用現成的東西拼湊輕食客人也不會太在意，不過料理都是店長費心研發食譜製作，就連麵包的抹醬都是由多種奶油、果肉與香料油調製而成，每一道都很美味。

「餐點真的不錯。」林俊成吃了一口，便點頭稱讚。

「合你胃口就好。」戴培渲真心感到有點開心。

林俊成願意來他工作的咖啡店，代表對方沒有想像中難以親近，來到這種平價的小咖啡店也很享受餐點，意外地平易近人。

戴培渲成長過程中，見過不少很愛吹噓嚐遍昂貴珍饈的中小企業主，透過貶低他人來自抬身價可說是男性社交裡常見的陋習，因此見到能坦然讚美簡單輕食的男人，他的好感上升不少。

同時，他也暗自感到有點可惜。

後悔沒有更早接觸林俊成。

要是在一般情況下認識，他們應該也能相處得不錯。

店長上了加熱過的布朗尼與冰淇淋，戴培渲有點擔心地問：「你有在健身，有忌口嗎？」

有些健身狂會嚴格控制飲食，如果沒有調整食譜，也難以鍛鍊出好看的肌肉。

「我沒那麼堅持，運動只是習慣。」林俊成拿起隨著餐巾紙附上的小叉子，真的毫不在意地吃起來。

「你的人緣還不錯。」林俊成看了一眼過來添水的戴培渲同事，無論是店長還是店員們，似乎都很開心看到他沒打工的日子來店裡玩。

漂亮的女孩子會受歡迎，而漂亮的男孩子就不一定了，青春期時，帶著陰柔氣質的男孩子容易遭到同性訕笑與霸凌。

林俊成以前有個英國人同事，長得就像外國影集裡會出現的美少年，現實裡也是個出身良好的少爺，從小一路念著私立貴族學校長大，也靠著優異的成績在美國矽谷找到工作。

那個同事的英國腔、迷人的藍眼睛和長睫毛，以及有點害羞的斯文形象，迷倒了一大票女同事。可是即使工作表現優異、頭腦聰明，異性緣也很好，他總是像隻受驚的小鳥，在男同事之間非常不自在，很容易緊張。

後來聽說他青春期時曾經在學校受到嚴重的霸凌，林俊成一方面難以理解為何會有人想去欺負溫和有禮的好同事，一方面又明白了對方總是莫名緊張焦慮的原因。

「我住得近，放假時如果有其他人臨時請假，會來幫忙救火。」戴培渲聳了聳肩，「店長愛我都來不及了。」

林俊成端詳著面前的漂亮青年，有點意外他是這樣的性格。

「你喜歡這份工作嗎？」林俊成隨口問道：「以後想自己開店？」

先試著在咖啡店上過班才選擇開店的，都是比較務實的夢想家。時常有工薪族厭倦了上班生活，義無反顧地辭職，貸款當老闆，結果人在自己擁有的店裡了，才發現一整天就是在做服務生的工作。

充滿咖啡香的夢幻場域變成水電房租和體力活時，便成為一個牢籠，創業沒多久，就發現和想像完全不同。

「這行業太競爭了，我沒那種企圖心。」戴培渲毫不猶豫地搖搖頭，端起冰西西里咖啡啜了一口，「我只是喜歡生活有點規律，早起準備上班的感覺。」

這番話聽在上班族耳裡恐怕會感到莫名其妙，都二十五、六歲了還在打零工，想要穩定的生活就應該好好找個正職工作。不過林俊成本身就是自由工作者，成長環境裡也見過不少沒上過班的富二代，因此能理解戴培渲的選擇並不是基於生存，而是想在生活裡安排一些固定的行程。

「那沒在打工時，你都在做什麼？」林俊成這次的語氣裡帶了點真實的好奇。

戴培渲頓了一下，咬著紙吸管抬起眼，露出笑容說道：「我常常幫人跑腿打雜。」

從那雙漂亮眼睛裡綻放出的自信光芒，意有所指似的語氣，以及彷彿貓一般天生驕縱的氣質，林俊成不認為這句「打雜」是字面上的意思。看戴培渲沒有進一步解釋的意圖，他腦海中想起眼前的青年受人資助的傳聞。

「還有我最近常聽 Podcast。」戴培渲態度自然地說道。「那你呢？」

聞言，林俊成面不改色地說了幾個有在聽的節目，都是科技業和投資金融有關的主題。

要不是早已對這個聲音以及談話的語調萬分熟悉，看著林俊成處變不驚的自在態度，戴培渲差點都要以為認錯了人，對方其實和自己一樣是個普通的聽眾，不是 Podcaster。

男人若無其事地侃侃而談這個話題，聊遍各種主題就是沒有提起有經營節目。戴培渲這時才意識到，面前這個看起來很親切，意外沒有距離感的男人，其實只不過是擅長展現迷人的親密感，實際上仍舊不著痕跡地保持距離。

想想林俊成在節目中偶爾會閒聊私生活的話題，想要在鄰居間保有隱私似乎也很正常。戴培渲提起喜歡的節目時，便刻意略過了對方的頻道，佯裝並不知情。

Podcast 產業這幾年在國內外都十分熱門，疫情之後光是國內就暴增了數千個節目，越來越多品牌找 Podcaster 合作，也有許多出版社找熱門節目出書。最近還有 YouTube 時代已經過去，Podcast 即將成為主流的說法，因此戴培渲在日常談話裡提到這個話題，林俊成也沒太當作一回事。

※

從咖啡店出來後，他們一起走回社區，穿過中庭步道時，隱約感覺到一絲不安寧的氛圍。

住戶三三兩兩聚在路邊，其中有些太太推著菜籃車，平時總待在長椅上看報的老先生老太太也挪動了位置，背著手臂站在人群裡，似乎有什麼不尋常的動靜引起路過的鄰居們關注。

騷動的來源正是他們那一棟大樓。走到一樓大廳時，甚至還出現了警察的身影。

「怎麼回事？」林俊成停下腳步，詢問神情緊張的年輕管理員。

「我、我們還在確認情況。」負責留守的管理員支支吾吾地說道。

一位穿著紅色上衣的鄰居太太回過身來，立刻大聲傳播：「四樓之一遭小偷啦。珠寶和玄關的水晶洞都被搬走，損失不知道幾百萬！」

大廳裡頓時又是一陣鬧哄哄的討論聲，鄰居人心惶惶，年輕管理員滿臉為難，除了負責留守之外也不知道如何是好。

受害的住戶才剛剛報案，現在領著警方探看屋內，比較資深的管理員也陪著了解情況，一時之間還沒有正式說法。

鄰居們駐足大廳等待進一步說明，時不時向經過的住戶散播消息。時間久了大概也有點無聊，剛才那位大嗓門的紅衣太太將目光落在他們兩個身上，「一起出門呀？真難得看到你們在一起。」

此話一出，附近有幾位鄰居也轉過頭來，發現是頂樓的兩位年輕獨居男子，眼底也浮現一絲八卦和好奇。

林俊成微微點了個頭，顯然不打算多做解釋。

太太將視線轉移到一旁的戴培渲時，眼神和表情都多了一絲苛刻，和看著林俊成時的親切模樣完全不同。

對方用很是防備的神情盯著看，似乎在考慮要不要和這個可疑的漂亮青年搭話。

戴培渲則是在心裡感到不可思議，被用這種嫌棄的表情探問隱私，究竟有誰會老實交代。

「我們先上樓吧。」這時，林俊成開口說道。「有什麼進度，晚一點打電話問管理室就好。」

戴培渲爽快同意，當他們朝電梯走去時，他的視線餘光瞥見附近幾位太太浮現失望的神情，顯然再晚個一分鐘離開，林俊成就會被想找他寒暄的鄰居包圍。

在紅衣太太不滿的視線下，他們走進電梯，電梯門闔上，只有兩個人的空間頓時陷入安靜。

林俊成沒有談論剛才鄰居太太差別待遇似的態度，這種階級與職業造成的勢利隨處可見，似乎也不怎麼稀奇。

戴培渲則是已經將心思放到別的地方去了。他思考半晌，在電梯抵達樓層前驀地開口：「不知道小偷是不是已經離開大樓了。」

一時之間，空氣彷彿陷入凝滯。

「你認為小偷還在社區裡？」林俊成看了他一眼。

「如果來不及逃跑呢？」戴培渲聳聳肩，用嚴肅的語氣說出疑慮：「小偷偷了大型的東西，有很高機率不是一個人。以前不是常聽說竊賊會成群喬裝成搬家公司嗎？如果人數很多，碰到鄰居要回來了，說不定其中有幾個同伙來不及不起眼地逃出去。

低樓層的住戶常走樓梯，聽到下層樓梯有人聲，一時也無法下樓。」

電梯門開啟，眼前是寬敞的公共空間。雖然是每天都會進出的地方，經過剛才那番推論後，寂靜無聲的走廊頓時散發出詭譎森冷的氣息，彷彿有犯罪者潛伏四周。

「現在是平日白天，小偷說不定會隨便闖進看起來沒人在家的屋子，躲在裡面避風頭。」戴培渲說道：「白天居住者都去上班的房子，其實是治安的死角。這幾年日本有很多起跟蹤狂闖入受害者家的事件，跟蹤狂躲在屋裡埋伏，將陸續返家的受害者和受害者家人一個個殺害，長時間待在闖入的住宅裡，卻沒有引起注意。」

「你還知道真多奇怪的故事。」林俊成不置可否地回應，他當然聽得出戴培渲不是隨口提起這些駭人聽聞的故事，等待著戴培渲說出真實的意圖。

「我有時會聽真實犯罪。」戴培渲隨口胡謅，說出口的當下就後悔了，差點咬自己的舌頭。他知道林俊成並不怎麼喜歡這種品味——即使是這種時候，還是忍不住想要在對方的心裡留下好感。「我們要不要輪流看看家裡有沒有事？」

「你認為小偷會躲到頂層來嗎？」林俊成問道。

戴培渲睜著一雙無辜的眼睛，做出不安的表情。他是家裡的老么，和姊姊年紀有點差距，老來得子的父母相當疼愛他，所以戴培渲從小就很懂得如何撒嬌，也不會因為示弱感到丟臉。他們家從來都不是會用「男孩子要有男孩子樣」的教條來指導兒子的古板家庭。

雖然長大後戴培渲還是自然而然地在外面的世界學會了展現強勢，知道必須捍衛自己，不過這不妨礙他知道有時有更輕鬆有效的方式。

果不其然，看到他面露擔憂，林俊成陷入沉思，從原先認為他想像力太過豐富但基於禮貌不說破，轉而想要處理問題，生出了一絲保護欲。

「那我先陪你回家吧，確認你安全。」林俊成提議，在電梯前的空地停下腳步。

戴培渲僵了一下，隨即連連搖手佯裝客氣，「先去你家吧，我也要確定你平安回家。」

空間陷入微妙的安靜，林俊成沒什麼表情，卻能感覺到似乎不太樂意。

戴培渲能夠理解，此刻他也很擔心家裡是不是有什麼東西沒有收好。

今天的行動目的是要跟林俊成拉近距離，從偶爾點個頭的鄰居進展到喝咖啡的普通朋友，能夠和樂融融地一起吃頓飯就已經是很大的進展，戴培渲也沒想到會在這時候有小偷出沒。

他獨居的公寓裡有不少可疑物品，臥室牆上掛著林俊成最近出入行蹤的地圖，還有老虎鉗、被視為違法違禁品不得販售與購買的警棍和手銬、萬用鑰匙、小型錄影器材以及各種雨衣和帽子安全帽，都是平常做「許願池」工作時會用到的小工具。如果樓下的警察就這麼闖入調查，他可能會被誤認為嫌犯。

不過戴培渲認為以林俊成的性格，大概只會禮貌地站在客廳，等待屋主四處逡巡，不會隨意探看他人的隱私。

戴培渲把握機會臨時起意，是為了想掌握林俊成家裡的格局、布置，確認是否有歹徒可趁之機，還能從屋內裝潢擺飾進一步分析研究性格，找找人際關係的線索，或許能知道背後的委託人是誰，日後這些資訊都可能會派上用場。

「那我們輪流回家巡視吧。」林俊成看了看錶，半開玩笑說道：「要是我十五分鐘內沒出來，你就可以報警了。」

林俊成選擇用折衷的方式處理他的不安，將大門虛掩，獨自回到屋內檢視是否遭竊，是不是有罪犯正神經緊張地躲在裡頭，讓戴培渲留在門外等待。

戴培渲感到十分失望，雖然對方這種應對方式十分紳士，沒有對他的疑慮一笑置之，可是卻完美迴避了他的意圖。

男人似乎對私領域相當維護，儘管日常寒暄與外出喝咖啡時都很友好，實際上卻不願意隨便讓不熟的鄰居踏進家門。

戴培渲轉念一想，林俊成對外人留有戒心是件好事。要是委託人除了自己之外還找了其他殺手，這種防備心說不定能救男人一命。

戴培渲頓時又感到胃部沉重，看著沒有動靜的門扉，有股衝動想要擅自跟進屋確認林俊成的安危。

這時男人恰好拉開了虛掩的大門，和在門外一臉焦慮不安的戴培渲對上了視線。

「我家沒事。」林俊成頓了一下，用著比分開前溫柔了幾分的語氣說道：「接著去你家吧。如果你需要，我可以先幫你查看。」

戴培渲面露愣怔，被那帶著安撫含意的磁性嗓音激起了雞皮疙瘩，隨即意識到林俊成是誤認他真的太過害怕，主動想要幫助他。

有時比起單方面付出，接受對方的協助反而更容易留下好感。有人類行為研究證實，人類天生有認同感與被需要的需求，身為團體的一分子，有用處才能留在群體裡，這是刻劃在基因裡的求生本能。除此之外，當然也有現代人對於親密關係、掌控權力以及加深情感連結的誘因。

理智上知道這是拉近距離的方式，戴培渲卻很清楚要是真的讓林俊成逛一圈他的房間，以後大概會被當作跟蹤狂。

戴培渲張了張口，正猶豫著是要想辦法婉拒，還是請對方來家裡喝杯茶，電梯突然傳來動靜。

這層樓唯二的住戶不約而同看向再次抵達這層樓，緩緩打開的電梯。

來者是一名穿著休閒西裝的年輕男人，他手上提著包裝精緻的提袋，似乎是禮物。

「怎麼回事？」訪客看向戴培渲，滿臉疑惑。

從陌生男人親近的神態，似乎無法理解戴培渲為什麼要站在別人家門口。

雅痞風格的年輕男人將目光投向林俊成，雖然禮貌地點頭致意，眼神中卻難掩打量評估之意。

「這位是我表哥。」戴培渲有點尷尬地介紹道。

表哥長得和戴培渲不太像，高大俊朗，單就五官細看並不特別出彩，不過還算好看的長相再加上懂得時尚穿搭，以及那外顯的自信氣勢，一眼看過去是個頗具魅力的帥氣男人。

林俊成也簡單地打了招呼，再次看向戴培渲時，眼神和表情都冷淡了一點，不動聲色地收起關懷的姿態，「那我就不打擾了。」

氣氛頓時有點微妙，戴培渲看著林俊成毫不遲疑地回到屋裡，在他面前關上大門。

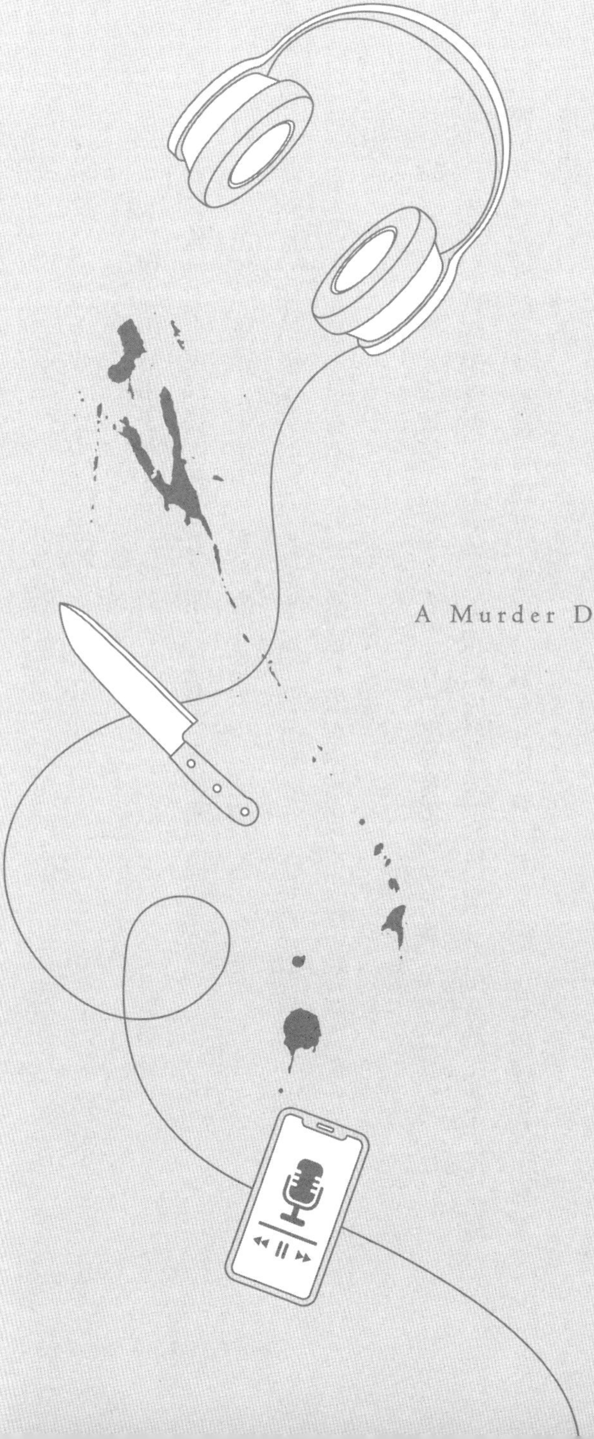

A Murder Deal for the Admirer

第三章

「我打擾你的好事了嗎？」

跟著戴培渲進家門後，他的真表哥王謙霖心驚膽戰地問道。

戴培渲搖了搖頭，表情卻仍舊不太好看。

雖然他一開始摸不著頭緒，但回到家很快就反應過來林俊成的態度。對方恐怕以為表哥是別的意思，是戴培渲對外的說法，沒有出櫃或不想曝光的關係都有可能如此蒙混。

可是這種猜想沒說破時，當事人主動澄清反倒會顯得更可疑。

「我本來想邀他過來，不過也可能弄巧成拙步調太快。」戴培渲抬起雙手搔了搔頭，一頭柔軟的髮絲被搓得蓬亂，嘆了口氣在長沙發上重重坐下，「這樣也好，你來得正好。」

嘴上說著沒事，王謙霖卻很少看到戴培渲表現得如此焦慮，將特地請助理排隊購買的名店千層蛋糕放到茶几上。

他不時會像這樣帶著甜點或小東西來拜訪戴培渲，關心一下獨居的表弟，不過今天另有目的。

「那個男人就是你拜託我調查的傢伙吧？我看你們當鄰居滿久了，怎麼突然對人家感興趣？」王謙霖脫下外套，在另一側的沙發坐下問道。「他的閣樓裡關著小男孩嗎？」

戴培渲調查身家的對象通常都是罪犯，或是法律無法制裁，檯面下聲名狼藉的衣冠禽獸。

「小男孩？」戴培渲反問。

雖然異性戀有時會為了展現權力而侵犯同性，戀童癖變態在滿足私欲時，多半還是會選擇有性吸引力的性別。

「他高中時和女生交往過，不過看起來還在探索性向的階段，後來往來過的對象都是男性。」王謙霖遞給他一份裝在牛皮信封袋裡的資料，「只是他好像沒有什麼長期的感情關係。以前在矽谷時工作非常忙碌，一天要工作十七小時以上的環境，也沒什麼心力談戀愛吧。」

得知林俊成是同性戀，戴培渲內心深處泛起一絲小小的喜悅。

雖然在與林俊成互動時能感覺到一點好感的火花，但這其實不能代表什麼，據說費洛蒙強或長得好看的人影響力本來就比較強烈。

戴培渲以前也遇過一些直男朋友跟他說話時心神不寧、肢體語言動搖，甚至有點臉紅，可是他知道他們都是完完全全的異性戀，一輩子都沒打算把男生當作對象。

「他在國外時風評怎麼樣？」戴培渲問道。

之所以要拜託王謙霖，主要就是為了拿到這些跟蹤本人時難以取得的資料。雖然只要時間充裕，戴培渲還是能從親朋好友下手，慢慢拼湊一些資訊，甚至自己飛一趟國外，可是最近他把心力放在林俊成現在的生活上，掌握對方的作息，因此另外委託了其他人脈做類似徵信社的工作。

「工作能力很強，擅長社交，人生一帆風順的天之驕子。」王謙霖雙手環胸，語帶保留，「不過，職場上本來就不可能討所有人歡心吧，性格和作風本來就不可能人人契合，又有各自的立場。」

「他妨礙到誰的利益了嗎？」戴培渲問道。

戴培渲翻到在海外工作的那幾張資料。林俊成換過兩份工作，兩間公司都是當地非常知名的大企業。

「同事普遍都很喜歡他，工作風評沒什麼大問題。」王謙霖說道：「不過離職前和上司似乎鬧得不太愉快，對方還曾經放話要動用全部的資源封殺他——可是我稍微問了一下，發現風評差的是那位上司。他似乎只是不滿林俊成辭職會造成團隊的績效大幅下降，擔心影響到自己的飯碗，所以惱羞成怒瘋狂報復。」

「那個上司叫什麼？」戴培渲猛然從半躺在沙發的姿勢坐起身，翻閱起海外生活的那幾張資料。

「呃……好像是個老白男，目前也不在那家公司了。」

接受當地調查員訪問的幾位同事並未提到姓名，整份報告以林俊成過去幾年的工作實績為主，是一份寫滿豐功偉業的人生履歷。

「我以為你是想知道目標的為人，這次是要調查周邊情況嗎？」王謙霖很快反應過來，「那我可以找人仔細調查那位上司。」

戴培渲大多數時候並不會告訴他詳情，王謙霖認為一方面是為了保護委託人隱私，另一方面則是不希望讓他牽扯太深。

王謙霖知道戴培渲只有情況特殊的案子才會找他幫忙，私底下自行解決的案子更是多不勝數。他其實不太贊同表弟從事如此危險的工作，可是比起被拒之門外，他認為適度提供協助，至少能避免戴培渲獨自陷入麻煩。

「那位上司，還有其他人際關係都要，越詳細越好。」戴培渲想了想，「像是他經手過比較大的案子，離職前和誰接觸過，辦公室裡的人際關係。」

人際關係很難有所謂的正確答案，即使以禮相待，看在喜好猜忌的人眼裡不過是虛偽。行事果斷就事論事，也可能會傷害到他人的自尊心而被暗自埋怨不近人情。更不用說立場相異有衝突時，雙方都認為自己才是正義的一方，只想對付異己。

也許只是認真工作，也會被能力低落的上司或同事視作企圖心過強，心生怨懟與妒恨有時只要一個微小的契機。戴培渲只能祈禱能找到顯而易見的理由，從林俊成的生涯軌跡中認出委託人。

※

王謙霖又在他家待了一會，姿態愜意地靠坐在沙發裡，自顧自用著手機處理公事。戴培渲知道表哥把他家當作摸魚的祕密基地，就算在公司裡面擁有獨立辦公室，放鬆程度當然比不上真皮沙發。

占地百坪的公寓裡，挑高的寬敞客廳就占了二十坪以上，還連接著開放式的廚房空間，酒水零食一應俱全，只有一個不太愛說話的年輕屋主，待在這裡相當愜意。

「要叫個外送嗎？我請客。」已經決定在他家用餐的王謙霖抬起頭來。

「你點吧。」正在偷看林俊成社群網站公開資料的戴培渲漫不經心地說道。

這時他的信箱跳出通知，許願池網站有人用站內信連絡。

戴培渲以為又是一般委託上門，打開信時，發現可以自行輸入暱稱的委託人姓名欄，顯示著**「三十萬訂金」**。

裡面只有一個網址連結。

戴培渲站起身，飛快走進書房，向來不怎麼干涉他的王謙霖沒有察覺到異樣。他從抽屜翻出一臺不常用的筆記型電腦，坐到辦公桌前，連結上網站後臺，點擊陌生網址。

畫面跳轉進一個戴培渲沒見過的聊天室網站，設計相當陽春，沒有任何能點擊首頁或是瀏覽的按鈕，僅有對話的介面以及輸入框。

聊天室左上方冒出對話框，顯示著「**對方正在輸入**」，雙方的暱稱顯示都是亂數產生的代碼。

「**進度如何？**」

上頭浮現短短四個字。

戴培渲思考著應對，決定展現配合態度。

「**還在進行事前準備。**」

「**你需要多長時間？**」

對方打字非常迅速，幾乎是瞬間就回答了。

戴培渲很想反問對方能給自己多少時間，卻擔心反倒會讓委託人壓下時限。

他之所以佯裝接受委託，正是希望盡可能拖延，避免一旦拒絕了，委託人會去找專業殺手對林俊成不利。戴培渲假裝接下委託，同時暗地裡調查買凶殺人的委託人真實身分。

「**林俊成住在地段良好戒備森嚴的高級公寓，這種身分地位的目標必須做好萬全準備。**」

戴培渲盡可能打馬虎眼。

「**他不是那種住在治安不好的地段，社會安全網之外的底層人士。**」

本來回覆很快的委託人一時沒有回應，對話框完全靜止。無聲的沉默間，戴培渲緊盯著頁面，心跳不自覺變快，擔心委託人會感到不滿。他一邊思考著要如何查詢對方的所在位置，想要將網址轉發給合作的駭客。

過了不知道多久，對話框總算再度顯示輸入中——

「你打算用什麼方式殺害他？」

戴培渲看著網頁上的文字，心中泛起陣陣涼意。委託人是認真在與他討論殺害林俊成的實行方式，似乎對此很感興趣，樂在其中。

「該有計畫雛型了吧？」

對話框傳來催促的文字。

「目標身形高大，我會準備幾個可行的方案。」

戴培渲敲打著鍵盤回應，冷靜地趁機追問。

「您是否有偏好的處置方式？」

越多對話越能掌握委託人的心理狀態、對林俊成的恨意，以及找出真實身分的蛛絲馬跡。然而，另一頭彷彿識破了他的意圖，僅停頓幾秒便回應道。

「這是你的工作。」

系統隨即顯示「對方已退出聊天室」。

下一刻畫面跳轉，顯示找不到網頁。戴培渲試著重新整理，原先的對話記錄卻完全淨空，連聊天室的介面都看不到。他從原先信件上的網址重新登入，網址已經失效。

過沒多久，委託的駭客告訴他那大概是加密的聊天室，無法存檔也無法截圖，只要一方離開頁面，記錄就會全部被刪除，也追查不到對方的IP位址。

既然能隨意匯款給網路上的陌生人三十萬現金，那個有錢委託人要找人製作個簡單的聊天系統也不會太難。戴培渲明白這個道理，可是看著一片空白的頁面，不留一絲痕跡，還是讓他感到毛骨悚然。

※

「抱歉，公司臨時有事。」

表哥突然敲了房門，嚇了戴培渲一跳。

「我點了兩份餐，你再看看要不要冰起來隔天吃吧。」已經重新穿上外套的王謙霖看了看錶。

「知道了。」一個人住的戴培渲早習慣處理吃不完的食物，不以為意地站起身。

這時門鈴響起，他便跟著趕著離開的王謙霖一同去應門。

王謙霖從外送員身旁穿了過去，戴培渲自行簽收兩份已經付款的食物，眼角餘光看到對面的門也開著。

林俊成恰好也有訪客，男人正好看了過來，看著他一個人抱著兩人份食物的大提袋。戴培渲暗自感到有點可惜，本來還考慮是不是要借花獻佛，將一份餐點送給鄰居。

男人很快就讓開身子，讓訪客進入家門，關上了大門。

戴培渲認得那個訪客朱逸凡，話很多又開朗的年輕男人。有次和對方一起搭乘電梯，朱逸凡發現要去同一層樓，主動向戴培渲打招呼。那次讓戴培渲得知他和林俊成是從小認識的朋友，偶爾會來找林俊成玩。

林俊成一句話都沒說就別開了視線，關上大門。雖然戴培渲平時不會多想，這一天卻莫名有種不好的預感。

※

戴培渲懷疑那天和樂融融喝咖啡吃早餐是否是一場夢。

隔天早上算準時間出門時，林俊成卻沒有照著作息出現，他猶豫了一下，還是決定先到健身房。

比起每天都在大門前偶遇，看到他在健身應該能強化巧合的真實性，因此戴培渲先一步來到健身房，懶懶地在跑步機上慢慢散步。

「你最近都是早上來呢。」這時，旁邊有人向他搭話。

有點眼熟的漂亮臉孔，婀娜多姿的身材，是不久前來過咖啡店的年輕貴婦。

「我是住在十五樓的，也住夏館。」女生自我介紹，「晚上會來上瑜珈課，有時會看到你。」

戴培渲確實本來就有在用健身房，只不過習慣晚上來。

「我最近想早起。」戴培渲笑笑說道。

年輕貴婦來搭話時，林俊成正巧走了進來。戴培渲認為對其他鄰居也保持親切友好的樣子，才不會顯得別有所圖，所以友善地和那個女生聊了一會。

然而林俊成像是完全不感興趣，自顧自地戴著降噪耳機專心運動。

後來幾天也是如此，戴培渲試著想要搭話，對方的反應都很冷淡，彷彿把他當成路邊推銷的工讀生似的。那淡漠的態度幾乎讓他懷疑起那天是不是做了什麼糟糕的舉止，可是林俊成的態度又不像是抱有敵意或厭惡，單純只是將他當作不相關的人。

「你今天有空嗎？要不要來我們店，我今天有班，能替你泡咖啡。」因為心急，戴培渲完全放下了平日的驕縱與自負，跟在運動回來的林俊成身後擠進電梯，厚著臉皮直球問道。

林俊成看了他一眼，沉默半晌，「我今天有工作。」

他似乎有點訝異戴培渲明顯的親近，可是還是決定保持距離。

戴培渲處於工作模式，根本顧不上被崇拜的對象冷漠拒絕應該備受打擊感到丟臉，只是好奇地望著林俊成，不解對方的行為模式。

林俊成也許並不想和鄰居發展成親密的朋友關係，因此試著保持距離，又或者一貫作風便是如此反覆無常又無情，那說不定會有追求者以為有希望，卻又突然被若無其事地疏遠，導致惱羞成怒。

「怎麼了嗎？」承受著他毫無掩飾地端詳，林俊成終於忍不住問道。

戴培渲一雙漂亮的眼睛直直看著他，「你不喜歡我嗎？」

「沒有。」林俊成頓了下，看了戴培渲一眼，表情有點微妙地說道。戴培渲的神情裡毫無受傷與失去自信，彷彿只是在尋找破冰的契機。

電梯門開啟，戴培渲還想著要如何進攻，卻注意到林俊成的身子僵了一下。

林俊成的家門前站著陌生訪客。是一個纖細的年輕男生，身材嬌小，面容可愛，一時間可能會讓人懷疑是個少年。稍微走近一點，戴培渲發現那個人臉上帶著妝容，是個從指尖到腳趾都精心打理的年輕男子。

「你去哪了？」那個可愛的男生不客氣地看著戴培渲，「他是誰？」

「鄰居。」林俊成面無表情地說道，隱含著威嚇意味的眼神，讓那個男生微微縮了一下。

戴培渲點了個頭打招呼，一邊卻分心想著這幾天的直覺沒有出錯，林俊成並不是擅長掩飾情緒，才在與他拉開距離時也沒有反感的徵兆。

此刻林俊成在那個年輕男人出現時，隱隱就表露了反感。

林俊成沒有介紹他們彼此認識，而是沒有打一聲招呼地走上前去開門，領著那個年輕男人進門。對方回頭瞟了戴培渲一眼，眼底閃過勝利者似的得意。

※

戴培渲很慶幸有轉換心情的機會。

原本他打算將心力都放在林俊成身上，可是追逐一個對自己不感興趣的對象實在太累人了，恰好這天有個急件要處理，他便在打工之後，來一趟目標所在的地方。

裝潢時髦的店面是新興的文創複合空間，有面將書本堆疊至天花板當成裝飾的書牆，兩層樓的空間裡到處都布置著現代藝術品，二樓還有個小空間專門讓年輕藝術家申請展覽，店裡則有販售酒水和咖啡。

這裡主打二十四小時的獨立書店，但除了那面讓人打卡的書牆外，店內卻沒有幾本書，樓上開讀書會用的沙發座椅區總是坐滿閒聊社交的客人，到了夜晚就跟一般的酒吧無異。

戴培渲換上一身在連鎖服飾品牌購買的白襯衫和窄管褲，頭髮刻意用暫時性染劑染成了霧粉色，是時下流行那種髒髒又帶點模糊不清柔和感的顏色。自己用市售染劑弄出來的顏色沒有那麼細緻，他感到有點彆扭。

不過就和身上那剪裁不太合身的白襯衫一樣，所有不太合身、不太完美的部分，反而都營造出一種青澀感，讓戴培湄看起來更像正在努力尋找自我的徬徨大學生。

一隻懵懂無知的小羊。

才剛走進門，就感受到好幾道打量的視線，當戴培湄看起來很不熟練地看著酒單發愣時，一旁兩個常客很親切地幫他推薦。

戴培湄才花不到十五分鐘，就成功勾搭上了目標。

這個將不修邊幅當作風格的中年男人，是這家店的策展人，負責與年輕藝術家們連繫規劃活動，在外頭有許多藝術總監之類的頭銜。一張嘴能言善道，在不少圈子看似小有人脈，也常在網路上分享些彰顯生活品味的文章。

只不過稍微調查一下，就能知道這間店其實並不賺錢，是某位本業是其他產業的大老闆，為了一圓年輕時的文青夢而投資的興趣，中年男人只是領薪水在店裡做事。

然而看在對於人生還充滿懵懂，正探索著世界與社會規則的年輕學生眼裡，這個看起來頹廢隨性，總在店裡喝酒聽音樂，渾身酒味和菸味又看似漫不經心的大叔，跟其他大人都不一樣。就像未來的另一種可能性，長大後的人生可能有不同於現實社會規範的樣貌，還是有人沒有成為父母師長那樣無趣的大人，有著更為有趣的人生。

「你有在創作嗎？」

戴培湄拿著飲料開始欣賞畫作時，大叔跟了過來，停在幾步遠，用故作隨意的語氣搭話。

這大概會讓一些急於融入這家店氣氛的新客人受寵若驚。

「沒有。」戴培渲搖搖頭，故意頓了一下，彷彿不善言辭又努力表達，「只是喜歡看。」

「當觀眾也很好，觀眾也很重要，這些藝術家要有人看才能被證明存在。」大叔嫻熟地誇讚他，「而且看多了，說不定哪天你也會想嘗試創作。這些都是養分，感受過的東西最後都會有意義。」

戴培渲看見大叔的眼底閃過一絲可惜。如果戴培渲是個渴求機會的年輕人，那他掌握的權力就更大，也更容易迅速建立關係，只要以工作名義要求交換社群帳號和連繫方式就行了。

大叔看他沒有排斥，便隨著移動，替他介紹一幅幅畫作背後的故事，戴培渲也始終做出乖巧聆聽的模樣。

「你喜歡詩嗎？這是我們上次活動時做的。」回到吧檯續杯飲料時，大叔拿了幾張包在紙袋裡的書籤給他，「是和一個詩人合作特展，做成占卜的形式，每個客人一次只能拿一張，現在每種答案都給你了。」

戴培渲裝作誠惶誠恐地收下，好看的臉羞澀地笑了笑，滿臉新奇地欣賞那些精緻的書籤。這些是辦展覽的創作者精心製作的禮物，現在卻被這位大叔拿來借花獻佛。

店裡只有另一個年輕員工忙著製作飲料，他看到大叔勾搭戴培渲，眼神裡充滿不以為然。不過他必須負責整間店客人的飲料製作與結帳，根本忙不過來，而且大叔顯然從頭到尾都沒有幫忙的意思。

這家店最近在社群網站上小有人氣，挑高空間裡布置的書牆很適合拍照，低消飲料又是著重色彩繽紛視覺效果的飲品，不時會有人來拍美照，生意還算不錯。

戴培渲正感到一切都進展順利時，視線餘光瞄到一個熟悉的身影。

他頓時整個人僵住。

林俊成不知為何突然出現在這裡，踏上了二樓，還掃視店內一圈，沙發座位區傳來動靜，有人舉高手喊他。

是那個出現在林俊成家門前的可愛男生。他和一群朋友坐在那，戴培渲太專注於任務，居然沒有發現。

林俊成注意到那個男生，邁開腳步走過去。戴培渲從胃部燃起了小小的不快。林俊成確實跟別人有約，而且聽話地在夜晚出門赴約，這個事實莫名地讓戴培渲產生怒氣。

戴培渲也有點驚訝，他一直認為自己只把那個男人當作偶像，彼此現實沒有也不需要交集，更不會產生嫉妒心，不會生氣林俊成屢屢拒絕他的邀請卻跟其他人出門。

不過也許是最近滿心擔憂當事人要被殺掉了，結果對方還悠哉地跟他人幽會享樂，才會讓戴培渲感到不平衡。

這時林俊成彷彿察覺到他的目光，猛然抬眼看過來。

一時之間，猝不及防地四目相接。

戴培渲反應比平常遲緩了好幾拍，從林俊成認出他卻帶了點詫異的眼神，猛然想起來今天特別換了造型。

不同的髮色、有點不合身的平價服飾襯衫，就連背包都是查詢過男大學生常使用的品牌，略顯笨重的黑色大背包根本不是他平日的風格。

戴培渲有種被目擊了詐騙老人現場的尷尬感，狼狽地挪開目光，在心底祈禱林俊成不要走過來搭話。

「怎麼了？」大叔奇怪地看他一眼，回過頭去看戴培渲視線所及之處，結果發現店內來了個高大挺拔的帥哥，頓時嗤笑一聲，「你喜歡那一型的？」

戴培渲搖了搖頭，順勢編了個藉口，「他很像我前男友。」

大叔看了看，今天來店裡的這個漂亮男生確實是難得一見高檔貨，這種條件的男孩就算有個帥氣的前男友也不奇怪。

他本來還以為沙發區那個小網紅就很不錯了，不過比起那種擅長打扮又知曉自己魅力所在，被周遭眾星拱月捧起來的小公主，眼前這個縮在吧檯邊的害羞男學生，明明有著先天優良條件卻自信心不足，對於自身出眾的外貌毫無所覺，總是顯得戰戰兢兢又徬徨脆弱的類型，更加符合大叔的胃口。

這種男孩子多半難以和他人建立關係，朋友不多，封閉的人際關係造成對自身更難有客觀的認知，對於自己的成就與魅力毫無信心，容易受到單一對象情感控制。而且遇到危險被占了便宜時，也不知找誰傾訴。

「哦？」大叔的口氣又變回那種熱絡黏膩的氛圍，「前男友呀？那你現在有男朋友嗎？」

聽見男孩對自己表示性向，他認為是一種信號。

「我單身很久了。」戴培渲垂下眼簾，苦笑說道。

「你才幾歲，能單身多久？」大叔嘴上調侃，情緒卻明顯變得高昂。

談到這種話題仍沒表露出防衛心，無論是作為對象還是商量心事的人生前輩，都讓大叔多了許多可趁之機。

戴培渲知道今晚的工作還算順利，不過整個人如坐針氈，視線餘光瞄到林俊成走過來，在離他只有幾步遠的地方點了飲料，還朝他看了幾眼。

戴培渲硬著頭皮繼續和大叔聊天，臉上染上一絲羞恥和緊張造成的紅暈，能感覺到林俊成注意著他們，正在評估狀況。

這時那個可愛的男生站起身跟了過來，從後方輕拍林俊成的背，親暱地挽著他的手說話。

林俊成被轉移了注意力，似乎也決定不適合打擾他們，沒過多久就和那個男生一起走回沙發區。雖然應該感謝他，戴培渲還是沒來由地感到小小的惱火。

沙發區那邊鬧哄哄的，林俊成又降低了音量，很難聽清那頭的動靜。可是對方完全注意到他在這和一個中年男人調情，讓戴培渲想死的心情都有了。

「怎麼了？還是很在意嗎？」大叔低聲說道，更靠近了他一些。

自從那個帥哥進門後，男孩就一直顯得有些心神不寧，沙發區有什麼動靜便會往那裡瞟。

戴培渲忍住本能的抗拒，有些抱歉地笑了笑，抬眼專注地盯著面前的大叔，表達親近之意。

大叔享受著漂亮男孩的關注，又吹噓地講了一些經營這家店的豐功偉業，看著那雙漂亮眼睛凝視著自己專注傾聽的模樣，虛榮心獲得了滿足。

沙發區那裡的年輕男生似乎喝醉了，說話聲越來越高亢，還打打鬧鬧地撲在林俊成大腿上。戴培渲頓時有些僵硬，忍不住看了一眼。

大叔沉下臉，他可不希望難得一見的上好貨色被勾起了情傷，最後打退堂鼓，沒有興致拍拖。

「我們要不要離開這裡。」大叔提議道：「可以去安靜一點的地方聊聊。」

戴培渲抬眼，巴不得快點離開林俊成的視線範圍，飛快答應，「好呀。」

大叔拎起了外套，意氣風發地帶著今晚搭訕成功的漂亮男孩離開。吧檯內的服務生面露厭惡，卻一句話也沒說。

等到他們消失在樓梯口，過了半晌，店裡傳來小小的議論聲。

「又讓他釣到了小男生。」沙發區一個常客忍不住感慨。他就坐在林俊成隔兩個位置遠，正常音量的談話聲吸引了大家注意。

「誰？」另一個搞不清楚狀況的同伴問道。

「這裡的總監啊。常常勾搭年輕藝術家，還有那些來看展的小文青，漂亮的小男生。」起頭的人壓低聲音，「聽說他出手很快，吃了不少小有名氣的藝術圈新人。」

「哦呃，他不是年紀滿大了嗎？」沙發另一頭的客人大嗓門加入話題。

「畢竟藝術家們多半心思細膩敏感，大多數時間又都投入在磨練技藝，很少有時間心力交際。這種時候只要有個很懂得這圈子語言的前輩分享工作經驗，又表現得對人生遊刃有餘，很容易產生吸引力跟錯覺。」

「其實自己沒什麼真的成就，卻能吃到很多有才華的藝術家，這也是這個業界的福利了吧。」坐在林俊成身側的客人聳聳肩。

「這也是他們自願的不是嗎？」坐在林俊成身旁的可愛男生開口加入話題，滿臉不以為然，「有人示好，而他們也得到了好處，又在事後裝可憐。」

聽到他開口，整個氣氛為之一變，同行友人們討好地笑了笑，紛紛表示贊同。

在這群人之中，外貌好看又從事面向大眾工作的可愛男生，是最容易和那些漂亮的男孩子遇到類似處境的人，也因此讓他顯得最有資格說話。

「沒錯，那些願意發生關係的小朋友，也是看不上眼同年紀的對象，自願找老男人的。」

話題走向從原先擔憂被釣上的年輕藝術家，迅速轉變成檢討他們。

「是這樣沒錯啦。」先說話的那個耳骨穿環的客人嘟囔道，表情有點微妙，像是有些欲言又止。

林俊成看了看手機。過了一會，朱逸凡姍姍來遲，同行友人們紛紛熱鬧地打招呼。

「你遲到了。」林俊成說道。

「抱歉。」朱逸凡面露訝異，好脾氣的林俊成雖然不是很喜歡這種場合，可是很少直接表露不滿。他瞧見沙發上明顯喝多了的可愛男生，隨即了然，「不好意思，讓你照顧他。」

林俊成起身，默默走到門口。耳骨穿環的男人正站在門外抽菸。

「你剛才是不是有話沒說完？」

「什麼？」男人一臉狀況外，顯然沒有真的把那件事放在心上。

「剛剛帶著一個年輕男人離開的，是這家店的人？」

「哦哦，你說那個啊。」男人壓低聲音，一臉無奈，「他在圈內人脈很廣，尤其很會跟一些大老闆稱兄道弟討贊助，所以總是能做得光鮮亮麗，一直換到不錯的工作，之前也在滿大的場館工作過。」

「那為什麼會來這種小店？」林俊成看了眼身後的大門。

這個空間雖然打理得不錯，人流卻明顯不足，即使客人在夜裡喝了酒喧嘩也沒看到店員制止。也許是認為反正沒多少認真看展與買書的客人，不需要擔心打擾到其他人，可是久而久之店裡的氛圍固定下來了，只會讓正經客人越來越敬而遠之。

「他好像有過不光彩的傳聞，才會被大型美術館開除。」男人叼著菸，「而且就算很會說話，你覺得那些大老闆有傻到沒事拿錢給其他男人花嗎？頂多就是做生意時給個職位。可是他身上的行頭、生活品味，看起來都不是以他的薪水負擔得起的。」

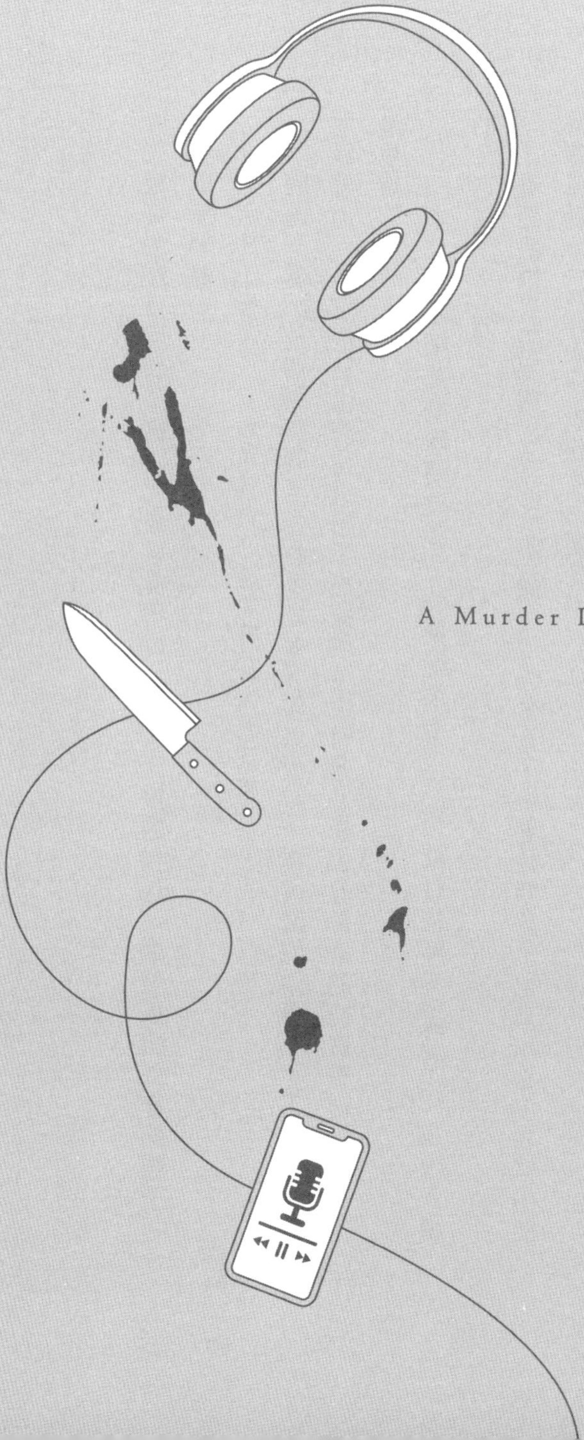

A Murder Deal for the Admirer

第四章

戴培渲深夜回到公寓時已經累得不行，背著沉重的包包，戴著連帽外套的帽子，快步走進大廳。

「你是什麼人？」充滿威嚴的質問聲在大廳響起，嚇了他一跳。

轉頭一看，是個眼熟的老先生，手握著報紙坐在一樓大廳的沙發上，正橫眉豎目地瞪著他。是這個社區的住戶，不過戴培渲沒有花心思去記鄰居的門牌號碼，記不得是幾樓的鄰居。

「您好，怎麼這麼晚還沒睡？」戴培渲態度平穩地打招呼，「我是住在十六樓的。」

看到他拉下口罩露出來的半張臉，老先生花了一點時間認出他來，臉上表情仍然帶著狐疑，「為什麼這麼晚才回來？」

「我們大樓有門禁嗎？」戴培渲反問，還轉頭看了一眼值班的門房與管理員。

正值夜班的大廳管理員們尷尬地笑著，完全不想捲進這起糾紛。得罪那位脾氣不好又整天在樓下公用區域溜達的老先生，以後一定會被用各種理由找麻煩，可是平常戴培渲對他們很有禮貌，他們也不想為難這位獨居的年輕人。

「我問什麼你回什麼，這麼晚還在外面鬼鬼祟祟。」老先生板起臉來，似乎認為戴培渲頂嘴而面露怒容，「誰知道你是不是小偷。」

老先生以懷疑的表情上下打量戴培渲，視線落到他的裝扮與後背包上。

換作平時，以戴培渲的性格恐怕會直接反唇相譏，就算真鬧到警察來也不在意。畢竟同樣身為住戶，根本沒有理由被其他鄰居侵犯隱私。

然而今天他的背包裡裝著非法物品，要是引來警察介入，可能會讓他惹上麻煩。

「我們和朋友聚會喝了一點，忘了時間。」戴培渲身後突然傳來充滿磁性的溫和嗓音，一隻手搭到他的肩上，「下次會注意不要太晚回來，打擾到鄰居。」

戴培渲回身望去，和一雙冷淡的黑眸四目相接。同樣晚歸的林俊成掃了他一眼，又抬眼望向老先生。

「……以後注意一點。」老先生不知道是認出了林俊成，還是認為高大嚴肅的男人看起來不好惹，態度不像對待戴培渲那麼輕慢，撇頭坐回沙發上，沒了剛才那種要上前來找戴培渲麻煩的氣勢。

「晚安。」林俊成一邊禮貌道別，一邊輕輕推著戴培渲往電梯走去。

電梯門闔上，空間瞬間陷入寂靜。

深夜時分的公寓本來就萬籟俱寂般寧靜，環境噪音比起白天要來得少。而站在電梯裡的兩個人之間，也帶有詭異的沉默。

戴培渲從來沒有如此希望和林俊成好好維持陌生人距離，彼此相安無事地直達自家大門都不要說上一句話。

他的頭髮還染著暫時性的染劑，衣著裝扮也與平日不同。雖然從車站的置物櫃取回了不起眼的連帽外套穿在外頭，鄰居老先生或是大樓警衛可能不會察覺有異，不過今晚稍早才在店裡巧遇的林俊成，恐怕會感到更加奇怪。

「……謝謝你。」戴培渲決定還是掌握主導權，率先開口。「鄰居們都很喜歡你呢。」

「如果你不挑釁，他們也會喜歡你。」林俊成看了他一眼，「你在我面前時比較有禮貌。」

「因為我喜歡你啊。」戴培渲仰頭對著高大的男人微笑。雖然戴著口罩，但一雙漂亮的眼睛微微彎起，還半開玩笑地對他眨了一隻眼睛，「而且我不認為我們有義務向他交代行蹤。」

林俊成沉默半晌，注意到戴培渲微笑後有一瞬間微微皺眉，不太舒服的樣子，毫不掩飾地打量著戴培渲，「那些長輩吃軟不吃硬，有整天的時間能找你麻煩。我以為你在服務業打工，很清楚人情世故。」

「沒拿薪水的時候，何必陪笑？」戴培渲聳了聳肩，結果動到肩膀的傷，讓他的動作僵了一下。

今晚他的心情不怎麼好，工作時不夠專注，一時太過大意出了點差錯。

「你受傷了？」林俊成敏銳察覺。

「沒什麼，跌了一跤。」戴培渲故作若無其事地搖了搖手，刻意提高興致裝得比較活潑。

然而林俊成反而盯著他的手，微微變了臉色。

——戴培渲的手背指節血肉模糊，挫傷破皮泛著醒目的紅色，裡頭肉色清晰可見。

今晚第一次在燈光明亮的地方看到自己的手，戴培渲也嚇了一大跳，連忙將手藏到身後。

「磨到柏油路，有點破皮。」戴培渲對讓林俊成看到了不愉快的血腥畫面道歉。太久沒有揍人揍得這麼狠了，沒想到連自己也掛彩。

「我看到你跟那間店的負責人離開。」林俊成的表情變得嚴肅。

「他說想要換個地方聊聊。」戴培渲抬眼說道：「我們很快就分開了。」

空間裡陷入短暫的安靜，林俊成能聽得出來這位隔壁的年輕鄰居不想多談，眼神裡帶著一絲狼狽，戴著口罩的神情隱隱透出了防衛。

今天早上戴培渲約他去店裡喝咖啡時還好好的，沒有受傷，顯而易見地發生了什麼事。

如果他是合意跟著那位負責人回家，凌晨一點這個時間回來似乎又太早了。有可能他們隨意就近找地方開房間，要不是草草了事，就是戴培渲臨時想打退堂鼓，雙方起了磨擦。

「你呢？怎麼這麼晚回來？」戴培渲試著轉移話題。要不是此刻有工作要煩心，他確實會有點在意林俊成跟那個可愛男生出去玩。

「等朋友來接他的伴侶。」林俊成沉默半晌，「我剛才有打電話給你。」

電梯門開啟。林俊成率先走出電梯，戴培渲愣了一下，一邊走出電梯，一邊從外套的口袋掏出手機。有三通來自林俊成的未接來電，其中一通在他離開店裡沒過多久就打了，另外兩通他則是在忙，完全沒有發現。

「……抱歉，我沒接到。」戴培渲睜著一雙大眼睛，抬眼望向站在走廊上盯著自己看的高大男人，「你有事找我？」

「我聽說那個負責人有不好的傳聞。」林俊成開門見山說道。

從今晚在店內遇到林俊成時，戴培渲就很擔心有這種情形發生。

被認識的人目擊行蹤，應該在第一時間中止任務才對。可是他擔心耽誤了行動，會造成難以挽回的後果，所以還是硬著頭皮行事。

儘管不認為那位大叔有膽子報警，可是萬一今晚出事的消息傳開，林俊成又和那間店的常客保持連繫的話，很有可能會循線找到自己。

「是嗎？我不清楚。」戴培渲含糊說道，想要裝傻帶過。

一時之間，走廊上氣氛十分詭異。

他自認為還算會說謊，可是放在林俊成面前似乎不太管用。對方望著他的神情一眼看穿他在隱瞞，而且已經開始思考為何會這麼做——讓一個高智商菁英開始研究自己，似乎不是什麼好發展。

「我今晚本來和朋友約在那裡，可是被放鴿子，是第一次見到那位先生。」戴培渲隨口胡謅原本有行程，強化不是蓄意埋伏的印象，「他很親切地找我聊天，帶我看店內的展覽，本來只打算和他出去吃消夜……」

林俊成的神情變得嚴肅，眼神中冒出一絲冷意，「他強迫你？」

「呃，可能只是有點誤會。」戴培渲發現林俊成的反應比預期中還要大，擔心他去追究後續，連忙說道：「我們在路上拉扯了一下，我不小心跌倒，後來剛好遇到他認識的人經過，他就和別人去玩了。」

那家店所在的位置附近有很多日商，街道巷弄裡有許多獨立經營的小居酒屋，大街上還有夜店與KTV，是夜生活很豐富的區域，戴培渲隨口編織的故事聽起來有幾分真實性。

林俊成一時沒有說話，也許正在考慮身為鄰居能干涉到什麼程度，表情隱約帶著不認同，似乎認為他一開始就不該跟看起來不太正經的男人出遊。

戴培渲很想再跟林俊成多聊一會，對方願意關心他遭遇壞事是個好跡象。傾訴煩惱是拉近關係的好機會，可是他又必須淡化跟大叔發生衝突的印象，只好主動說道：「時間不早了，晚安。」

「……晚安。」林俊成微微蹙眉，似乎不太滿意他像是不願多談的態度，但還是沒有糾纏，轉身朝著自家大門走去。

「今晚很謝謝你。」戴培渲出聲喊他。林俊成回過頭去，看到漂亮青年搖晃了一下握在手裡的手機，「很久沒有人這樣關心我了。」

這句話不是謊言，戴培渲看見來電記錄時由衷感到開心。

「看來就算是獨居，如果我被變態殺人狂殺掉，還是會有人發現的。」戴培渲故作欣慰地說道。

「被殺掉就太遲了吧。」林俊成笑了，回到公寓以來總算浮現一絲笑意，「你該重新調整看男人的眼光。」

說完，林俊成沒有理會僵在原地無法反駁的戴培渲，輸入指紋碼回到自家公寓。

看到總是睜著一雙古靈精怪的機靈眼睛，和他說話時都像是經過思考的漂亮青年難得露出錯愕的表情，林俊成今晚一直不怎麼痛快的心情總算好了一點。

回到公寓裡，林俊成換下外出服準備梳洗。

戴培渲沒有否認性向，比起被誤認為同性戀，漂亮青年表現出的困窘更像是談論不怎麼順遂的感情關係時感到丟臉的反應。

這讓林俊成確認了。這段時間以來戴培渲積極向他搭話時，總是在不經意間冒出來的化學反應，似乎不是錯覺，也許對方真的有意嘗試接近自己。

然而只不過是幾天不冷不熱的反應，戴培渲竟然就在外頭釣老男人了。

林俊成原本不把鄰居間的流言蜚語當一回事，如今看來也許八卦中存在著一點真實性。他想起之前目睹戴培渲手提著兩份晚餐，卻被「表哥」拋下的場景，那個時髦的年輕男人最近似乎很少出入這間公寓了。

※

看著對面大門關上，戴培渲轉身進屋。好不容易順利返回家中，他將背著沉重器材的背包扔在客廳地板，脫力地在沙發坐下。

今晚付出的代價太過高昂。

戴培渲脫下口罩，懊惱地用雙手揉了揉臉頰，不慎碰到嘴角的傷口，「嘶……」他平常很少喊疼，今天的工作其實也沒有真的出什麼大狀況，可是戴培渲總覺得這是執業以來最為落魄的一次。

被林俊成當成勾搭老男人的小白臉了。

就算難得有互動，戴培渲還是大受打擊，一點也不想把剛才那位噁心大叔當作自身戰績。

他將背包的拉鍊拉開，裡頭有好幾個硬碟，其中還有無法拆解的小型電腦主機，戴培渲以防萬一直接帶回來了。要是今晚被任何一位警察臨檢，都很難解釋身上為何會有這些東西。

——就法律上來說，這是毫無歧異的搶劫。

離開那家店後，戴培渲跟著那位大叔回了家，已經快要四十歲的大叔，至今還住在頂樓加蓋的套房裡。

也幸好他是一個人住，讓一切變得容易許多。戴培渲只要注意不喝下摻了藥的飲料，反過來制伏對方就好。

在大叔沒有防備的情況下，戴培渲要制伏體型比自己高大的男人是小菜一碟。可是這天工作時心神不寧，被林俊成撞見讓他太過動搖，結果在把大叔反過來綁在床頭時，動作不夠麻利，差點被對方掙脫。

和發狂般掙扎的老男人扭打，戴培渲的肩膀、側臉都分別吃了一記肘擊，幸好他忍住疼痛，堅持打好了繩結，沒有被反殺。

將大叔綁在床頭後，戴培渲搜刮了屋內的錄影器材與電腦設備。

那個大叔一直有偷拍以及哄騙戀人拍攝性愛影片的惡習，受害者都是年輕男性。

除了那些真的你情我願發生關係的男生，那個大叔仗著職業之便，容易認識敏感又與家人關係不好的年輕藝術家，以及這些藝術家的同學和朋友們，打入了涉世未深年輕人的交友圈，假意收留出櫃被家裡趕出來的年輕男孩，半強迫發生性關係。

有一部分受害者不敢拒絕，另一部分是真的陷入了初戀，懵懂地在熱戀期將自身完全交付給年長的戀人。

然而即使是在真心交往的期間，他們也並未得到保護。大叔謊稱電腦被駭客入侵，才導致裸照和影片外流到網路上。有的戀人傻傻相信了，卻在原諒之後又被上傳數支完整的性愛影片。還有一些早早斬斷關係離開的男孩，分手後卻在網路上遭到陌生帳號騷擾，還收到陌生人私訊付費色情網站的後臺流量報表。

這些有才華又對未來充滿憧憬的年輕人們，看到自己像是色情片主角一樣滿面潮紅、渾身赤裸喘息的性愛影片，在網路上有數千萬的觀看次數。

戴培渲的許願池網站創立以來，陸續收到了好幾個學生的委託，都是這個大叔的受害者與他們身邊的親友。

有個大學生寫了至少十次以上的留言，因為他的朋友在被上傳了五支影片後，選擇了跳樓輕生。

那位大叔很會說話，又沒有被抓到把柄，總是能夠順利擺脫嫌疑。戴培渲花了很多時間調查，發現對方是直接將影片賣給仲介，交由他人上傳影片，從中賺取了大筆金錢。

所有的性愛影片裡，他都沒有露臉，只有各式各樣的年輕男孩容貌徹底曝光。而這些無碼性愛影片只要被點擊下載，大叔就能夠抽成。

那位大叔靠著摧毀年輕男孩的人生來維持生活水準，總是滿身名牌行頭，大買薪水根本負擔不起的奢侈品。

戴培渲雖然想要繼續追查，可是色情網站後面牽涉的組織規模太過龐大，就連警方都無法徹底解決。而且牽扯到了黑道的牟利產業鍊，他只能在力所能及的範圍內行事——抓到這個現行犯，狠狠揍一頓。

太久沒有做正面衝突的體力活，戴培渲的拳頭都因為打人而挫傷了。

即使碰到了林俊成，有可能會被自己的鄰居指認，戴培渲仍硬著頭皮在今晚行動，是因為他又收到了緊急委託。

有位委託人最近被半哄半騙跟大叔發生了一夜情，正猶豫著是否要更進一步發展關係時，認識了其他跟大叔交往過的男生，才赫然驚覺自己有可能也被偷拍。

性愛影片一旦被上傳到網路上就來不及了。影片會被不特定多數的使用者下載、複製與上傳，分享擴散到各種私密群組、色情片資源分享討論區，即使刪除了原始上傳網站的影片也難以根除，受害者永遠都會膽戰心驚。

要不是提前強硬阻止，受害者們即使報了警，也總是得到愛莫能助的反應。警察不會一直守著網路幫他們刪除影片，有時還會反過來遭到承辦的員警和律師有意無意的二次傷害，說教或規勸不該讓人隨意拍攝。

戴培渲拖著疲憊的身子起身，將沉重的包包帶到客房裡的浴室，這間占地百坪的公寓裡有四間廁所，他挑了不怎麼常使用的一間。

他從書房取來螺絲起子，將硬碟的外殼拆開後丟進浴缸裡，打開水龍頭，讓水淹過所有的硬碟和小型電腦主機。

為了以防萬一，戴培渲還拆了一整包食用鹽，用小鍋子加水煮開溶解，再將鹽水倒入浴缸之中。據說鹽能夠增加電子的活躍度，加快金屬腐蝕速度，毀壞金屬磁盤的傳導點，日後就算回收丟棄被人撿走，也不容易被還原讀取存取過的內容。

※

隔天一早醒來，戴培渲感到全身都在痛，賴在床上不想動彈。

事發當下靠著腎上腺素沒什麼感覺，過了一晚，扭打時撞到與被擊中的部位都開始腫脹發炎。他對著鏡子拉開睡衣，白皙的皮膚上有一大塊瘀血，看起來相當嚇人。

讓戴培渲感到最棘手的是，嘴角破相了。雖然即時冰敷，臉頰沒有浮腫，臉上有傷還是十分明顯，讓他看起來就像還會打架的叛逆不良少年。

戴培渲嘆了一口氣，張開雙手大字躺回床上，決定稍微放自己一天假，就不用這張臉去健身房攔截林俊成了。

他躺在床上使用手機，點開 Podcast 介面，發現林俊成昨天跟他說下午要工作不是謊話，最新一集的節目上架了。

看著集數資訊與標題，戴培渲準備點開節目的手指一頓。向來都是單人主持頻道，從未與他人合作的 Arthur，這期節目名稱上居然顯示著**「ft. 諾阿姆」**。

這期節目有嘉賓。諾阿姆這個名字相當眼熟，雖然不是戴培渲有訂閱的頻道主持人，可是時常看到知名 Podcaster 與他合作，是個交際能力與人脈都很廣的 Podcaster。

戴培渲有點意外向來彷彿自成一國的 Arthur 也會接受合作企畫，連接臥室內的音響，點開播放鍵。

伴隨著一串熟悉的片頭音樂，林俊成的嗓音響起。

「大家好我是 Arthur，歡迎收聽鯨落電臺。今天是特別單元，邀請了諾阿姆來到我的節目。」

「哈囉我是諾阿姆。」

緊接著是那位來賓的自我介紹，富有活力的嗓音充滿愉悅。

「天啊，好久沒有跟你一起錄音，感覺好奇妙。」

「今天的主題是回覆聽眾問題，有很多留言都提到想聽海外留學生活的趣事。這個部分和諾阿姆一起，我想會比較合適。」

林俊成的嗓音不疾不徐地說明。

「以前因為父母的工作，我小學時曾在美國待過幾年，當時和諾阿姆就住在同個社區，而他一路讀到了高中才回國。」

「沒錯，我們真的認識超級久了。我現在常和不同 Podcaster 一起錄音合作，不過 Arthur 不一樣，可能你這邊的聽眾不太清楚，我們是從小就認識的好朋友。」

儘管 Podcast 是入門門檻極低的產業，也有許多素人大獲成功，不過諾阿姆說話咬字清晰，談吐輕快幽默，留意聽眾角度的敘事方式，注意談話脈絡與對話節奏，從許多小細節都能聽出這個人受過專業訓練，怪不得自身的頻道相當成功。

除此以外，戴培渲發現這個聲音有點耳熟。

戴培渲拿起放在床頭櫃上的平板，躺在床上一邊聽著節目中兩人有些刻意的閒聊，一邊上網搜尋起諾阿姆。

能和眾多頻道合作，諾阿姆本身的節目果然十分受到歡迎。不同於林俊成的節目有特定主題風格，諾阿姆的節目更符合一般人對於網紅的印象，內容五花八門，以大眾娛樂為受眾，主題跨度很大，從都市傳說、美食分享到感情問題無所不談。

雖然知識含量不高，但這種閒聊型的生活感網紅如今在各種平臺都十分受歡迎，像是聽朋友聊天的陪伴感對於現代人來說很有魅力，累積了大量粉絲。

諾阿姆是單集節目有數百萬次下載量成績的 Podcaster，受過不少媒體採訪，戴培渲點開一家雜誌的網路版訪問，從訪談中看到了諾阿姆本人的照片。

果然是朱逸凡，那個偶爾會來找林俊成的男性友人。

雖然是用網路上活動的名字接受採訪，整篇文章中透露了許多真實經歷，朱逸凡是廣電科系畢業，大學時期也有廣播主持的經驗。作為很早投入 Podcast 產業的專業人士，他和合作伙伴的頻道在排名上位圈站穩了腳步，是少數能以全職謀生的 Podcaster。

戴培渲從報導照片看到節目的另一位主持人家綺，一眼就認出是那位可愛男生。

朱逸凡的合作伙伴跑來林俊成家門口要做什麼？

家綺顯然十分清楚怎麼面對鏡頭，在雜誌照片中更為好看，是個很擅長表現自己優點的聰明男生。

戴培渲在網路上搜了一下，果然發現家綺有經營許多個人社群帳號，其中 IG 有三十萬粉絲，讓他有些驚訝。

據他所知，許多知名 Podcaster 包含林俊成在內，頻道的 IG 追蹤數都僅有一、兩萬，就已經每週都有業配與團購合作了。畢竟他們的主戰場不在社群，在這種娛樂五花八門的時代，要讓聽眾連社群帳號都願意追蹤相當困難。

稍微瀏覽家綺的帳號，有大量好看的自拍照，幾乎所有貼文都是餐廳、咖啡店以及酒吧。最新的貼文就是昨天那一家複合式藝文空間，上頭清楚標示了低消和飲品的價格，是想要經營自媒體的小網紅常常會寫的美食遊記。

沒想到去那家店的日期會如此明確被記錄下來，幸好昨晚家綺完全沒有注意到他的存在。

家綺似乎也有以個人名義接一些商業合作，單看帳號只會想到那些長得漂亮又享受生活的小網紅，不會把他和 Podcaster 聯想在一起。

戴培渲知道以後如果想研究朱逸凡的行蹤，從家綺的帳號能夠知道許多資訊，又先回去翻看朱逸凡的採訪。

他和林俊成現實裡是兒時玩伴，兩個人又都以 Podcaster 為業，關係大概比原先預期的更緊密。戴培渲打算看看朱逸凡有沒有在採訪中提到過鯨落電臺，結果從一篇網路媒體的專訪看到意外的資訊。

採訪編輯是朱逸凡的資深粉絲，從他的頻道初期就開始聽了，時間追溯到四年前「節目主持人還是三位的時候」。

「他現在過得很好啦，我們還是很好的朋友，只是沒有一起工作。那時是遠距錄音，三人體制的節目又容易音軌重疊，後製很辛苦，談話時避免同時出聲也容易大家互看眼色，聊起來氣氛很難帶，七嘴八舌講話聽眾也容易疲勞。」

訪談如實記錄了諾阿姆坦誠的回答。

「當初傳不合是謠言嗎？爲什麼是選擇讓「in 退出？」

採訪編輯提問。

「我們都認識很久了，不會爲了節目影響友情。Lin本人現實生活中也是個人生勝利組，事業很成功，不會在意節目這一點小成績啦。想要退出是他的意思，我們沒有拋棄他。」

諾阿姆開玩笑地回答。

「就結果來說也是好的，我們音質比較相似，出身背景也比較接近，兩個人角色重疊了。現在和家綺搭檔，我們性格很不一樣，談話更有火花，聽眾也比較能聽到不同立場的碰撞。」

僅僅兩段藏在深度採訪之中的問題，讓戴培渲罕見地停下播放到一半的鯨落電臺，去搜尋諾阿姆的節目，一口氣將數百集的節目列表拉到最前端，隨便點了一集。

還很陽春的節目傳來帶有雜訊的聲音，從聽起來還很生澀的談話中，戴培渲聽見了熟悉的低沉嗓音。

網路世界是個很神奇的場域。有人因為私密影片外流被毀掉一生，有人被肉搜曝光隱私，同一時間，許多人換著不同的名字活動，卻沒有引起太大的注意。

林俊成曾經在其他節目擔任第三位主持人。

※

戴培渲的手機鈴聲響起，是表哥王謙霖來電。

「喂，你下樓一下。」

「為什麼？」下午兩點戴培渲還穿著睡衣，隨意煮了冰箱裡的食材，他今天沒打算出門。

「你們公寓的出入管制變嚴格了，管理室要求一定要住戶下樓帶人才能放行。」

戴培渲微微蹙眉，「我怎麼沒聽說有這種規定？」

他走到客廳角落擺放的全身鏡前照了照。嘴角的傷快好了，糟糕的是前天用的暫時性染劑是新牌子，上色效果太好，結果洗不乾淨，整顆淺褐色的頭上還有東一撮西一撮淡淡的粉紅色，這個樣子很難見人。

「聽說你們又有住戶遭小偷了，這裡的防盜看來不太行。」王謙霖壓低聲音，「現在這邊氣氛很凝重，還有住戶來門口罵管理員。」

「……那你不用來看我沒關係，偶爾只電話聊聊也不錯。」戴培渲一本正經地說道。

「我都特地來你家了，連下樓都嫌麻煩？」表哥不可置信，「我買了你喜歡的檸檬塔和巧克力派。」

「你可以寄放在管理員那。」

這裡的管理費所費不貲，偶爾請他們送個東西上樓應該不過分。

電話那一頭陷入漫長的沉默。表哥沒有立刻碎念，反而讓戴培渲感到不妙。過了一會，果然聽到王謙霖認真提問：「你有出門嗎？現在還有打工吧？」

「我這兩天沒排班，放假。」戴培渲假裝沒有聽出對方審慎的口吻，故作輕鬆地說道。

他知道此刻王謙霖已經開始認真思索他是不是有不能見人的理由。又或者擔心他會足不出戶，過上以前那種頹廢的生活。

「我現在走不開。你如果要見到我，必須在樓下罰站至少十五分鐘。」

表哥乾脆應允，「沒問題，我下午不用回公司了。」

聞言戴培渲輕嘆口氣，掛了電話。

一切斷通話，戴培渲立刻開始清掃客廳和廚房。這兩天他廢寢忘食足不出戶地瘋狂補聽林俊成的舊節目，即食食品的包裝袋、零食和啤酒罐四散各處。要是被王謙霖看到他過得太散漫，八成又會提出要聘請清掃家政人員。

戴培渲以前也很習慣有人幫忙打理房子，可是現在的職業性質，隨便放外人進門，只怕隨便找到一個證物都能送他進警局。

※

林俊成這天和廠商約在外面談事情。對方的行銷人員很有熱情，主動提議願意到他家附近找地方開會，因此林俊成就近選擇了戴培渲工作的咖啡店。

一進門，林俊成的目光就下意識往櫃檯裡尋找熟悉的身影，不過這天戴培渲似乎不在。

他想起那天戴培渲看起來不太舒服的樣子，順口問了櫃檯裡的店員他是不是請假。

「培渲今天沒上班喔。」沒見過的陌生店員見怪不怪似的回答，還朝他投來一個有點曖昧的笑容，「所以今天店裡客人也比較少。」

比起認為他是戴培渲的朋友，店員們似乎相當習慣有客人為了戴培渲而來。

店員熱心地告知他下一次上班的時間，居然是兩天後。一問之下才知道戴培渲一週只固定安排兩天打工，其他時數都是店長請求來幫忙。

不需要了解咖啡店實際時薪，稍微推估一下一個月打工八到十天，要在首都自給自足生活，根本入不敷出。

林俊成原本對他人的職業與收入漠不關心，可是想到那天晚上遇見戴培渲時，漂亮的青年靠在吧檯邊，用帶著茫然和慌張的神情努力討好中年男人的場景，他難得產生了一點不快。

即使思考著隔壁鄰居的生計，也沒有影響到林俊成的工作表現。他就算一邊計算最低時薪收入，也能同時推估和廠商合作的分潤與預計營業額，開會十分順利。

會議結束後，林俊成走回隔了一條街的社區，看到站在大門外西裝革履的王謙霖。一副百無聊賴姿態玩著手機的男人恰好抬頭與他對上了目光。

「你好。」對方似乎立刻認出了他，「你是培渲的鄰居吧？」

林俊成點了個頭，原以為男人是在等戴培渲要一起出門，可是對方手上提了兩個一看就是裝著甜點的提袋。

「你們的門禁變嚴了啊。」王謙霖苦笑道。「還得等屋主來帶我進去。」

聞言林俊成微微抬起眉。一方面他身為住戶卻不知道有這項規定，另一方面，按照先前鄰里的傳聞，如果「表哥」是買下豪宅的金主，理應會持有公寓的門禁卡。

※

匆匆打掃完客廳，戴培渲換下了睡衣，隨意套上外出服，僅拿著鑰匙和手機就出門去接王謙霖。

他看了眼手機的時間，等電梯來到頂層。結果電梯門一開，裡面走出林俊成和他的表哥。

「你的鄰居好心擔保我進來了。」看到戴培渲難得露出驚嚇的神情，王謙霖興味盎然地說道。

這一瞬間，王謙霖明白了戴培渲怎麼會想要調查一個非犯罪者。

「謝、謝謝你。」戴培渲完全沒有平時在他面前的伶牙俐齒，慌張地向那個高大男人道謝時，看起來溫順又乖巧。

「你受傷了？」林俊成的視線落到他的嘴角。

「打工在內場搬貨時不小心撞到的。」戴培渲下意識伸手去遮掩。他還以為已經好得差不多了，但開始結痂的傷口顏色變深，在偏淺的粉色嘴唇邊緣十分醒目。

一時之間，空間裡氣氛有些靜默。林俊成知道他這幾天根本沒上班，可是戴培渲看起來顯然不想多談。

王謙霖心知肚明表弟大概又去蹚了吃力不討好的渾水，心裡也有點惱火，可是知道戴培渲的脾氣，直接說教他根本不會聽。

「那你的頭髮是怎麼回事啊？」王謙霖伸手抓了一縷像小雞羽毛般翹起的粉紅色，「新流行？」

戴培渲面露打擊，迅速瞄了林俊成一眼，顯然非常懊悔這樣出現在鄰居面前。

「我買了新的染劑試色。」戴培渲正好在煩惱這件事。他不能讓林俊成留下自己刻意換髮色去那家店的印象，故意沒好氣地說道：「本來正要試其他顏色，有人硬要上門拜訪。」

林俊成聽著戴培渲略帶撒嬌似的抱怨，認為氣氛似乎不適合有他這個外人在場，轉身要回家，沒想到王謙霖主動出聲喊他。

「如果有時間的話，要不要一起喝個茶？我買了很多甜點過來。」表哥主動提議。

戴培渲微微睜大眼睛，他這個屋主是同一時間才收到通知。

林俊成看了看一臉錯愕卻沒說話的漂亮青年，暗自感到有些好笑，「不會太打擾嗎？」

他是看著戴培渲說的。

戴培渲眨了下眼睛，立刻收起驚訝的神情，仰頭露出笑臉，「當然不會，很歡迎你。」

打滾商場多年的王謙霖表面不動聲色，看著表弟那個甜美柔軟的笑容渾身起滿雞皮疙瘩。戴培渲的真實性格和乖巧溫順完全沾不上邊。

「那就打擾了。」林俊成也說不上為什麼，一時興起答應了邀約。

他是距離感很強的類型，平時看似有禮貌，有些鄰居先生想要找他吃晚餐談投資，他卻一次都沒有出席。因此當林俊成答應時，戴培渲漂亮的眼睛裡浮現一絲驚訝，隨即透出亮光。

林俊成知道鄰居在自己面前還保有矜持的形象，這陣子莫名熱切地接近他，可是在言談之間，彼此散發出來的情感流動不會騙人。

他能感覺到戴培渲是真心開心與他變得親近。

第五章

A Murder Deal for the Admirer

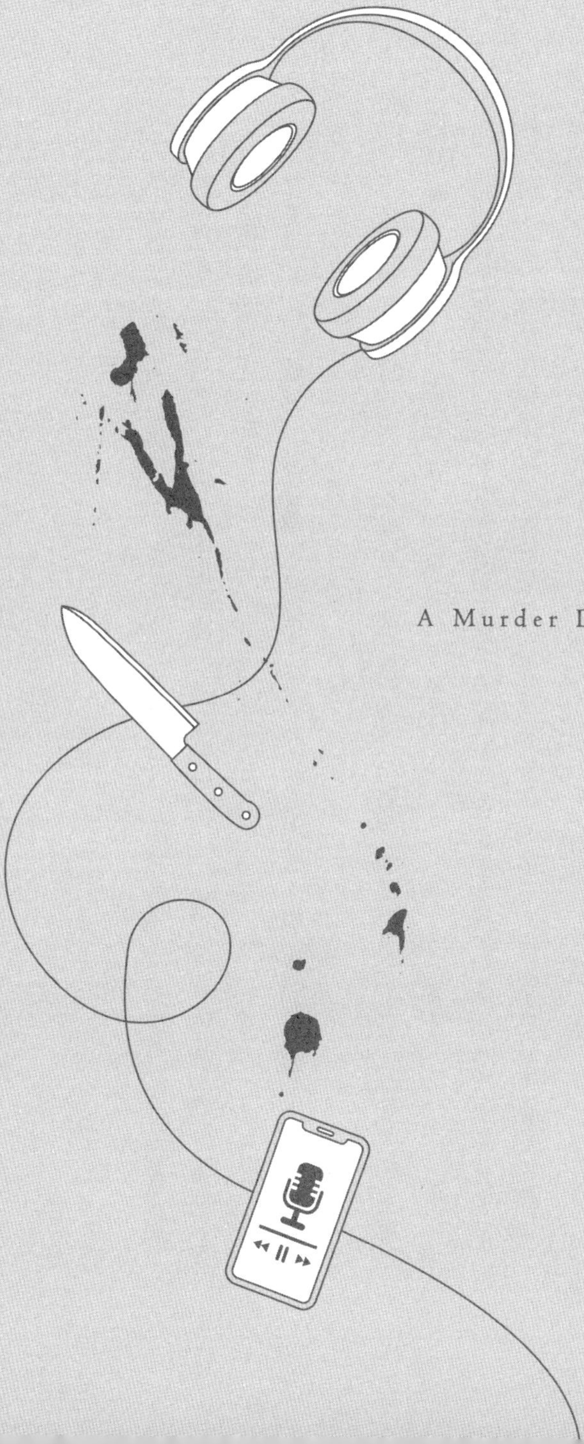

以年輕男人來說，戴培渲的屋子維持得很乾淨。客廳和桌子上沒有隨意放置衣服或雜物，擺放在客廳茶几上的筆記型電腦、扔在沙發上的平板，又有著獨居者的隨性。

「你們感情真好，這麼常見面。」

林俊成站在中島旁，看著戴培渲指使個子較高的表哥從廚房的櫥櫃拿出比較好的茶具。

王謙霖主動邀請別的男人進屋，而且還不時擠眉弄眼調侃表弟，都打破了街坊鄰居的金主傳聞。

「我們是那種表兄弟姊妹都是家人的大家庭，從小關係就很緊密。」王謙霖笑笑地說道。「以前是直接用兄弟姊妹來代稱表兄弟姊妹，常常害得朋友搞不清楚我們到底有多少手足。」

他是刻意告訴林俊成的。其實出入這幢公寓時，王謙霖偶爾會被鄰居搭話，他知道有部分鄰居誤會了他們之間的關係。不過他不想替戴培渲透露隱私，一旦起了話頭解釋，勢必會被追問探聽更多，因此向來都沒有主動澄清。

戴培渲拿出茶葉時，挑眉直盯著表哥看。王謙霖向來不會干涉他的私生活，就連隱約知道他在做麻煩的工作都睜一隻眼閉一隻眼，今天卻突然擅作主張邀請鄰居進屋。

就連此時此刻，戴培渲的臥室裡仍貼滿林俊成資訊的筆記便條。

「你也是一個人住嗎？」王謙霖主動引導對話，「最近你們社區好像不太安寧，要是能和培渲互相照應就好了。」

直接挑明意圖，有時對雙方來說都比較輕鬆。林俊成點了個頭，「我在家工作，大部分時間都在。」

「又有小偷出現？」戴培渲問道。

「剛剛發現了兩起闖空門，一件是今天早上發生的，另一件則是屋主全家出國旅行，早上回來發現被洗劫一空。」林俊成說道。

「所以出國那一戶可能是前幾天作案，恰好今天才曝光？」戴培渲思忖道：「就算是剛好，也太常發生竊案了。」

「剛才我們上來前，這棟樓有住戶懷疑是管理員放小偷進來，在大廳和管理員吵得不可開交。那個警衛老先生氣得說要提告，還當場辭職。」王謙霖搖了搖頭，「那位阿姨也很剽悍，吼回去懷疑老警衛做賊心虛才想跑，兩個人差點打起來。」

戴培渲瞪大雙眼，不知道該不該慶幸動作太慢而沒下樓，避開了一場混亂。

「也許不是恰好，而是知道那戶人家今天回國，要趕在消息傳開加強警戒前多做一票。」林俊成緩緩說道。

此話一出，空間裡頓時有點安靜。如果很清楚受害家庭的行蹤，那就代表竊賊可能在社區裡。

「你認為真的是社區員工做的？」戴培渲訝異地問道。

他以前接過豪宅祕書被住戶性騷擾的報復委託，意外得知這種高級社區儘管一戶要價上億，可是全天服務住戶的豪宅祕書們薪水未必優渥，有的社區只開給年輕員工月薪兩萬六。

「如果要對行蹤瞭若指掌，是住戶的可能性更高。」林俊成淡淡說道。

戴培渲和王謙霖面面相覷。能直接在鄰居面前說出嫌疑犯就是鄰居，這個男人也是相當不擔心場面變僵。

煮好熱水，端著待客用的茶具來到大理石餐桌，戴培渲和王謙霖難得正經坐在餐桌前喝下午茶，客人林俊成也收回參觀客廳的視線，跟著他們入座。

除了巧克力派和檸檬塔，王謙霖隨意買了幾種一口大小的精緻甜點。原本是給獨居的表弟，每一種口味數量都不多。

戴培渲打開紙盒後，讓客人先選甜點。

他知道林俊成疲勞的時候會吃甜食，看著林俊成拿了巧克力派，忍不住微微一笑。

今天早上他才從 Podcast 聽到朱逸凡有次去林俊成的紐約住處借住時，吃掉了冰箱裡的巧克力，導致林俊成一整天都不和他說話。

「他帶太多來了，我的冷凍庫裡還有沒吃完的千層蛋糕。如果不介意的話，檸檬塔也可以帶回去。」戴培渲直接在送禮者面前借花獻佛。

「你很喜歡甜食？王先生好像常帶甜點來。」林俊成隨口問道。

「喜歡是喜歡，不過一個人根本吃不完，他好像認為不帶東西我就不會讓他進門。」戴培渲半開玩笑回答，想著以後或許能以分享甜食為藉口去敲門。

「養成習慣了。他常常吃太少，以前還會忘記吃飯，體重過輕，有一陣子差點搞壞身體。」王謙霖無奈地說道。「所以我會多帶一點高熱量的食物過來，避免他在大都市裡活成難民。」

「我現在都有吃飯，還會自己煮。」戴培渲用眼神警告王謙霖。

「反正還是常常只吃菜吧。你又不是羊，需要脂肪和熱量。」王謙霖說道：「這傢伙是搞到胃潰瘍，才終於記得每天都要進食。」

因為過瘦，戴培渲以前受傷復原狀況也比較差，不過王謙霖還是知道分寸，沒有提及表弟不可告人的業務。

「我們社區應該有監視器吧？」戴培渲轉移話題，強行繼續討論竊案，「上次發生竊案後，我查了一下警方公開的統計資料，一般小偷是不會選擇有管理員的公寓大廈的。」

比起有錢人群聚的社區，小偷們更偏愛樓層低的舊公寓。闖入較為容易，監視器數量也更少。

「正門口大門、管理室、大廳、電梯和一樓逃生門，還有地下停車場，這些地方有監視器。」林俊成說道。「其實不是每層都有裝設，有的住戶不喜歡隱私被監視，沒經過同意拍到家門口是會惹上麻煩的。」

如果熟悉監視器位置，還是有可能找到死角。怪不得竊案接連發生後，鄰居懷疑起有內鬼。

「那我自費在家門前裝設監視器的話，你會在意嗎？」戴培渲問道。「我想找業者來，在自家門口裝一個。」

「一起裝也好，我可以幫你出。」王謙霖說道：「小偷看到這戶有監視器就會放棄了。」

「我考慮看看。」

林俊成沒有直接拒絕，可是看起來不感興趣，讓戴培渲有點失望。

戴培渲還希望防別的東西——除了他和小偷之外，擔心有其他更危險的人接近林俊成。

※

曾在美國郊區生活多年，林俊成顯然很習慣這種來他人家聚會的模式，和王謙霖聊得很愉快，又沒有透露太多隱私，待了一個鐘頭便禮貌地致謝離開。

「上次提到那位討厭林俊成的主管，現在已經去別的公司工作了。」王謙霖收拾餐具放進洗碗機時，才說起之前的調查，「是一家規模比較小的公司。可是聽說現在性情大變，新公司的助理對他讚譽有加，說那位主管是個很照顧家庭的和善好人。」

「評價怎麼會差這麼多？」

「他去年再婚了，跟太太和繼女相處得很好，剛新婚相當幸福，還常邀請同事去自家後院烤肉。」王謙霖看著表弟懷疑的眼神，笑著搖了搖頭，「新戀情修成正果、溫馨的居家生活，還有一份壓力沒那麼大的工作，人會變得和善很正常，不見得是人家地下室藏著屍體才要表現親和。」

「誰知道呢？很多連續殺人魔都有家庭，被抓到前都是平凡丈夫。」戴培渲聳聳肩。

「所以你還要繼續查這個人？」王謙霖不解，為何要花這麼多時間查一個素未謀面的鄰居前主管。

「他應該沒問題，不必了。」戴培渲搖搖頭，沉默半晌，「我只是很驚訝在職場上欺壓下屬，因為少了好用的員工就想報復的小心眼壞人，還是能婚姻幸福美滿，有更好的未來。」

此話一出，開放式廚房與偌大的客廳裡陷入死寂。

王謙霖錯愕地望著他。儘管戴培渲的口氣平淡到近乎隨意，這個世界上大概也就只有表哥知道這番話有多真心。

戴培渲沒等王謙霖收回錯愕神色，擠出一些人生大道理，逕自轉移了話題，「所以林俊成的海外生活沒什麼大問題，評價也很好吧？不然你不會這樣放他進屋。」

「你真的看上他了？」王謙霖眼底浮現一絲促狹。

雖然現在一副熱衷他人感情話題的模樣，戴培渲很清楚表哥的性格。以往他如果和人品不好的對象廝混，王謙霖總是第一個嚴格反對，還曾在他醉生夢死的時期殺進同志酒吧將他拎回家。

「他看起來對我沒什麼興趣。」戴培渲想了想，決定說實話並無不妥，「不過人比我想像中好，是能相處的對象。」

這是這麼多年來，王謙霖第一次聽到表弟對外人產生興趣，那種乍看漠不關心的態度，反而代表戴培渲投入的心思遠比表面上要深。

王謙霖面露微笑，期待看到從小倨傲的表弟在感情裡暈頭轉向。

他試著回想了一下林俊成在大門外看見他時的眼神。王謙霖很清楚一身高級訂製西裝、開著跑車，手提禮物的自己出入戴培渲公寓時，在周遭眼裡是什麼樣子。

林俊成確定他和戴培渲有血緣關係之後的神情變化，其實也不是那麼無動於衷。

「目前收到的報告裡他看起來優秀到不像真人，像是那種會被改編成電影的人生贏家。事業成功，為人有禮，可能因為性向比較低調吧。」王謙霖搖搖頭，「就連暗戀對象都要先身家調查，你該少看點許願池了，這個世界可不全都是被搔擾和欺負的悲慘故事。」

戴培渲聳聳肩，認為就這樣讓表哥誤會自己暗戀林俊成也好。王謙霖之所以提供幫助，是不希望戴培渲獨自犯險，要是知道這次牽扯到暗殺，恐怕會強行阻止他繼續下去。

※

「你在家嗎？有事想談談，要不要幫你帶杯咖啡？」

上班時間戴培渲趁隙用了手機，傳送訊息給林俊成。

「我早上來替同事代班，再半小時就能回去了。」

訊息很快就被已讀，這個時間林俊成應該剛從健身房出來。

「這麼早？」

現在才早上十點。

「店長的小孩發燒被保母拒收，帶去看醫生再送到爺爺奶奶家，臨時請三小時的假。」

平價咖啡店的尖峰時段是早上七點到十點，店長恰好就是那段時間缺勤。

「店長爲了感謝我，說要手沖店裡最貴的咖啡。」

其實他知道林俊成大概不怎麼講究，就連超商咖啡都會喝，強調有上等貨想跟他分享，只是為了讓林俊成更不好拒絕。

要是能養成送咖啡過去的習慣，他下班就都有理由去敲林俊成的門，能看他一眼，戴培渲也會比較放心。

「我們可以散散步，在公園聊。」這時林俊成回覆道：**「那我待會去接你下班吧。」**

看到手機上的文字，戴培渲嘴角的弧度消失了。

他知道林俊成平時去健身房後，會回家一路工作到下午，才出門慢跑或是散步當作休息時間，這個時間去公園並不符合他的日常作息規律。

——林俊成是在婉拒他去敲房門，不想讓戴培渲進門，也不希望養成互串門子的習慣。對方正在劃下界線。

「我知道了，那待會見。」

戴培渲手裡飛快回覆訊息，面無表情地打了一個笑臉符號。

咖啡店的自動門傳來動靜。他一邊喊出「早安歡迎光臨」，一邊將手機收回口袋，等到客人來到櫃檯前點餐，才抬起頭露出職業的親切笑容。

「今天想喝——」看到站在櫃檯前的可愛男生，戴培渲的招呼詞卡了一下，「我們的招牌特調嗎？」

正在做咖啡的同事困惑地回頭看了他一眼，這間店從沒有主動推銷的習慣。

「一杯冰奶茶。」謝家綺忽略店員的提問，逕自點餐，「有 Apple Pay 嗎？」

「有的，冰塊甜度需要調整嗎？」戴培渲重整好微笑，替謝家綺用手機電子支付做結帳。

幸好對方是那種完全不會在意店員長相的客人，視線從頭到尾和他沒怎麼對上，因此沒有注意到戴培渲的表情。

謝家綺點好餐後，走到店內的空位坐下，神情帶著一點悶悶不樂，專注地滑著手機。

這附近雖然交通還算方便，卻不是人流多的商業區，謝家綺會出現在他們社區對街，顯而易見是又來找林俊成的。

剛好錯過了嗎？

不過林俊成剛才有回覆戴培渲訊息，而且他是健身時也會帶著手機的類型，沒有理由錯過謝家綺的連繫。

最近戴培渲聽了不少他們的節目，也關注了相關訊息，得知家綺是諾阿姆的戀人，這對合作搭檔已經公開交往兩年以上。

戴培渲一面替接連來店的客人點餐，一面偷偷留意坐在店內的謝家綺。

他看起來一臉煩心，拿到店內用陶瓷杯裝著的奶茶時隨手拍了張照，又舉起手機，就著光線拍了幾張自拍照。

面對鏡頭時，謝家綺很熟練地擺出俏皮的表情，無論是笑容的弧度、散發魅力的眼神都很完美，戴培渲看過他的社群照片牆，知道那張照片肯定能呈現得時髦可愛。

附近長輩年紀的客人看著隔壁桌的陰柔男生不斷自拍，面露批判的神情投去好幾道眼神。謝家綺顯然毫不在意，拍完照後便抬起下巴，手肘撐著桌子繼續使用手機。

戴培渲思考著是否要找理由向對方搭話，不過幾次近距離接觸，他察覺謝家綺並不是那麼友善的性格。

謝家綺會對朋友擺出熱情的姿態，在節目裡聽起來也是活潑的性格，可是面對陌生人和店員，眼神和表情都透著高傲，口氣也很冷淡。

換作平時，戴培渲完全能理解他的作風。

聲音音質偏高、長相清秀、骨架小身材瘦弱、舉手投足女性化，就算沒有出櫃，也完全符合學生時代會被男同學們霸凌捉弄的條件。

戴培渲能想像與主流期待不符合時，謝家綺花了多大力氣養出武裝，成就現在的生活風格與待人處世。

然而此時此刻，看著出現在店裡的謝家綺，戴培渲滿心警戒。

聲音能透露出許多訊息。

據說 Podcast 是最不容易有黑粉的媒介。聲音太過親密了，如果討厭一個人，根本無法特地花時間聽他說話半個鐘頭以上，還得要去理解談話語句脈絡之間想要表達的真實意思。

不像 YouTube 或直播，能分心去評論網紅的長相、表情和衣著，甚至是背景寒酸與否，也不像文字大概掃個兩眼，配合著網友留言就能隨意判斷風向發表言論。

Podcast 初期經營十分困難，大多數聽眾只要不喜歡主持人的聲音、談吐，聽過半集就會放棄節目，不會花個數十分鐘再聽這個人說話。

反過來只要能聽得進主持人的聲音，長期收聽，聽眾多半會單方面與 Podcaster 產生類似友誼的情感。即使想要糾正節目內容也是因為資訊有誤、觀念不同，不像其他網路世界裡的嗜血留言，發狠批評名人有時只為了紓解壓力。

除去專業知識型節目，許多大受歡迎的節目都是像聽朋友們閒聊，陪伴感滿足了寂寞的現代人。

戴培渲以前從來不曾關注過網紅的八卦討論，為了林俊成才認真搜尋了一回，結果發現白費功夫。

比起其他類型的網紅就連私生活都會受到檢視，網友沒有太大的興趣去討論連臉都沒看過的陌生人八卦。

除了一些專門討論時事和喜歡以炒作爭議帶動名氣的主持人，有不少知名節目儘管有眾多死忠粉絲，網路上卻沒有多少花邊新聞。

尤其 Arthur 不曾接受訪問，從未露臉出席活動，也幾乎不和其他自媒體工作者合作，所以在網路上相當乾淨，幾乎沒有私生活討論。

然而，諾阿姆的節目帶來了新方向。

戴培渲這一星期花了大把時間聽他們早期的節目，獲得了比過去三年加總起來還要多的情報。

單人主持鯨落電臺的 Arthur 鮮少提到私事，可是諾阿姆是不怎麼設防的風格，以前用著遠距連線方式和 Lin 錄音時，常常像是打電話給朋友一樣，聊了許多日常生活。

這讓戴培渲不知不覺聽得津津有味，能瞭解林俊成和朋友相處時的樣貌，單方面又更了解了這個人。

朱逸凡是個開朗的大男生，能以輕鬆幽默又不冒犯的方式和任何人打成一片，就連有點嚴肅的林俊成都敢毫不客氣地開玩笑。

兩人從小認識，默契良好，無論是出社會後的職場生活、在國外生活的文化差異，以及年輕人想在工作之餘找到更多生活重心而嘗試錄製節目，都迅速吸引了有共鳴的聽眾。

節目播出了二十集之後，出現了另一個聲音。

音調偏高的少年嗓音辨識度很高，戴培渲很快就認出了家綺的聲音。不得不說他的表現還不錯，聲音裡透著年輕氣盛的自信，講話咬字也算清晰，在節目裡負責對話題做反應，時常表現出十分真實的年輕人樣貌。

然而，戴培渲很快就發現自己並不喜歡這個人。

黏膩的黑暗情感會在聽到家綺的聲音時產生。戴培渲很少聽合不來的節目，為了聽完所有 Lin 參加的集數，他不得不咬牙忍受家綺每一次開口插話。

聲音太過私密了。

隨著一起錄音的次數增加，節目創立三個月時，朱逸凡和謝家綺去了越美國行，租了間獨棟民宿，還邀請林俊成來和他們度過週末，也錄了三人面對面的 Podcast。

從這時候起，家綺的聲音就變了。三人談話時，每一次和 Lin 互動時，語氣都是藏不住的愛慕與憧憬。

他那時喜歡林俊成。

※

林俊成非常準時，甚至早了一點來到店內。看到戴培渲時，他的臉上浮現一絲笑意，「你的頭髮又染了？」

「好看嗎？」戴培渲露齒一笑，摸了摸一頭淺金色柔軟短髮，「我被同事笑了一個早上是不是要偶像出道了。」

搶眼的顏色有時反而適合作為偽裝。目擊者會記得一頭火紅色的頭髮、招搖的金髮，對於容貌和其他細節反而印象模糊，對於要拋頭露面進行的任務相當有用。戴培渲會在事後染回低調的髮色。

「是為了蓋過前幾天的染髮？」林俊成問。

戴培渲確實是想蓋過林俊成的印象，才會在這天找他碰面。

「我買了一系列暫時性染劑，想試看看哪種顏色適合，再去找設計師弄。」戴培渲摸著髮梢，不動聲色地說出預先想好的說詞，「不過這些誇張的髮色，還是這樣偶爾試試就好。」

「很適合你。」林俊成凝視著他的眼睛說道。

淺金色在他身上毫不突兀，反而襯托出戴培渲肌膚白皙，也讓精緻的五官更為顯眼。如果氣質不好，金髮容易流為俗氣，可是在行事幹練的戴培渲身上顯得很有質感。同事說像偶像明星八成不是嘲笑，而是真心誇讚戴培渲有種閃亮亮的耀眼氣質。

「……謝謝。」戴培渲愣了一下，吶吶應聲。

林俊成臉上的笑意更深，心情似乎不錯，談吐也很自然，面對面相處時，那種被劃清界線的疙瘩瞬間消融。戴培渲暗自腹誹，也許想殺這個男人的人是為了情傷。

「對了，那邊……」戴培渲開口。

「Lin！」話說到一半，便被站起身走過來的謝家綺打斷，「你為什麼不接我電話？」

林俊成眼裡的笑意消散，一時之間透出的冷意，讓氣焰強烈的謝家綺都有些退縮。

謝家綺莫名轉過頭來，瞪了一眼剛剛和林俊成相談甚歡的戴培渲。他似乎現在才看清楚戴培渲的長相，眉毛微微揚起，像是受到威脅般狠狠抿起嘴唇，眼中浮現攀比競爭的神色。

戴培渲訝異地回視。他發現謝家綺是個臉盲，沒認出他是林俊成的鄰居。

「我們出去談。」林俊成冷冷說道，沒等謝家綺回應，便頭也不回地往外走。

隔著玻璃門，戴培渲能看到站在人行道上的林俊成面色冷淡，表現得比起前兩次還要更不耐煩，顯然很不高興謝家綺埋伏在他的生活圈。

從肢體語言能看出謝家綺也很生氣，仰著頭像是在對林俊成叫囂，一度有點太過靠近，還讓林俊成皺著眉退開。

「……培渲呀，謝謝你。可以下班囉。」店長出聲喊他。

伸長了脖子往外看的戴培渲往休息室走，一邊回頭點餐，「店長幫我沖兩杯咖啡外帶，謝謝。」

回更衣室迅速換下制服，拿起包包，戴培渲思忖著是否要直接出去。聽見爭吵內容有助於掌握情況，只要謝家綺依舊不認得他，有些行動或許會比較方便。

不過轉念一想，讓謝家綺發現他這個店員和林俊成交情匪淺，以後說不定有深入接觸的機會。

他換好衣服，雙手拿著咖啡走出店門時，有點遺憾地發現爭吵已經告一個段落。謝家綺表情僵硬，站在林俊成面前，一雙大眼睛裡泛著淚光，似乎在忍著不哭。

「那我先走了。要不是在等人，我不會花時間在這跟你耗。」林俊成表情淡漠，說完便走過來接過戴培渲手中的咖啡。

謝家綺面露愕怔，戴培渲朝他點頭時，還恰好看到一滴眼淚滑過謝家綺的臉蛋。

「我們走吧。」林俊成沒回頭，伸手搭著戴培渲的肩膀，輕輕施力推著他。

戴培渲姿態僵硬地走著，很擔心謝家綺會衝上來爭論，或是跑過來賞林俊成或自己一個耳光，不過從眼角餘光只看到對方站在原地死死瞪著他們。

「他很好面子，不會在白天街頭鬧事的。」林俊成察覺他的擔憂，忍俊不禁道：「他一直在網路上發自拍，又擔心被路人認出來。」

「他這麼急著找你，上次也到你家門前了。這樣留下他沒事嗎？」戴培渲問道。

「我之前就拒絕他了，是他不願意死心。感謝公寓變嚴格的門禁政策，我清淨不少。」

「……我是被拿來當作擋箭牌了嗎？」走在前往公園的路上，戴培渲開口。「他會不會認為我們有一腿？」

「我跟他不是那種關係。」林俊成原本冷峻的神情消散，眼帶笑意看了戴培渲一眼。

若無其事說出這種假設，林俊成明白戴培渲是在試探與暗示不排斥這種可能性。

「我以為你說的拒絕是告白？」

「不是，是工作上的事。」林俊成笑著搖搖頭。戴培渲留意到他的眼神裡浮現一絲無奈，顯然沒有真心認為戴培渲的推論是無稽之談。

林俊成知道兒時玩伴的交往對象喜歡自己。

「我不會哪天被當成狐狸精興師問罪吧？他看起來很喜歡你。」戴培渲仰起頭，趁勢追問：「你有對象嗎？」

「他有男友了。你也見過，之前在電梯裡有碰過幾次。」林俊成淡淡說道。「你說有事要談？」

林俊成迴避了伴侶問題，也不願意解釋工作，再度劃出界線。

戴培渲清楚對方的作息沒有另一半的痕跡，而對方也不打算給他機會。雖然本來也不是為了這種目的親近偶像，還是有一點不是滋味。

他們沿著河堤邊人行道走著，來到綠意盎然的大型公園。戴培渲從來都不是戶外派，搬來這裡後除了跟在林俊成後頭之外，從來沒有踏進這個地方。

林俊成沒有走平時的慢跑路線，而是熟門熟路地帶著他走進公園內設有長椅的林蔭處。兩人坐在充斥著青草味的草皮邊，看著遛狗的行人和直接躺在草地上晒太陽的外國人，喝著從店裡外帶的咖啡。

「我想談公寓遭小偷的事。你怎麼那麼清楚監視器位置？」戴培渲很快重整心態，進入正題。

「我偶爾會走樓梯上下樓，很多地方其實沒有監視器。」

他們可是住在十六樓。

戴培渲用眼神表達了難以理解。難道林俊成是邊境牧羊犬嗎？一天要跑七十公里才能滿足活動量？哪來那麼多精力需要消耗？

「我以前上班時間很長，公司裡雖然有遊戲室跟健身房，可是那些地方都會有一大群男人喧嘩，想透氣又想獨自思考時，就會走走樓梯。」林俊成看著戴培渲的表情，笑著補充：「前公司在三十七樓。」

「……怪不得你的腿看起來很結實。」戴培渲發現這句話像是時常有在打量人家身材。「我也想去走走，檢查一下公寓的死角，來決定監視器要裝在哪些地方。」

「除了你家門口？」

戴培渲點了個頭，「確定位置後也可以告知管理員，讓他們提議其他住戶安裝。」

接連發生入室行竊讓戴培渲感到不安，比起自家遭小偷，戴培渲更在意保全系統的死角。外人能夠進到這個社區，代表委託人如果等不下去找了其他專家，也能輕而易舉接近林俊成。

「你很擔心小偷？」林俊成思忖半晌。在他的印象裡隔壁鄰居一直是疏離的現代都市人形象，總是很低調，不像會主動為整個社區做出行動的性格。

這陣子戴培渲一反常態地找他說話，積極社交，林俊成也感到很不尋常，可是至今為止，對方除了用好看的笑容親近他，始終沒有顯露出其他意圖。

「我待在家的時間很長，要是在臥室或廁所時有壞人闖進來，被發現只有一個人，會有生命危險吧？」戴培渲舉起藏在寬鬆上衣的細瘦胳膊，又在長椅上抬了抬穿著窄管褲的細腿，故作無奈地說道。

雖然前幾天才單獨制伏身材高大的偷拍大叔，戴培渲並不介意展示自己沒什麼肉的四肢來增加說服力。

林俊成勾起嘴角，注視著戴培渲露在七分褲外的纖細腳踝，「那麼，你希望我做什麼？」

只是問監視器的問題，根本不需要特地找他商量。

「我一個人在社區裡走來走去，出現在其他住戶的樓層，要是被鄰居撞見，可能會引起反感。」戴培渲說道：「要是你能和我一起行動，他們看到會比較安心，那些叔叔阿姨很喜歡你吧。」

林俊成頓時明白，戴培渲平時不怎麼和鄰居交際，卻不是那種感受不到他人目光的性格，反倒清楚部分鄰居不太喜歡他。

「如果只是在大樓裡巡視，是沒什麼問題。」林俊成點點頭，「我今天早上也有聽見社區裡其他鄰居考慮要組織志工巡邏隊。」

戴培渲鬆了口氣，幸好林俊成沒有選擇又拉開距離，連這種簡單的要求都不答應。雖然其實不需要其他人陪自己爬樓梯，可是這樣能多一點時間和林俊成相處，也有更多機會了解林俊成究竟得罪到了什麼人。

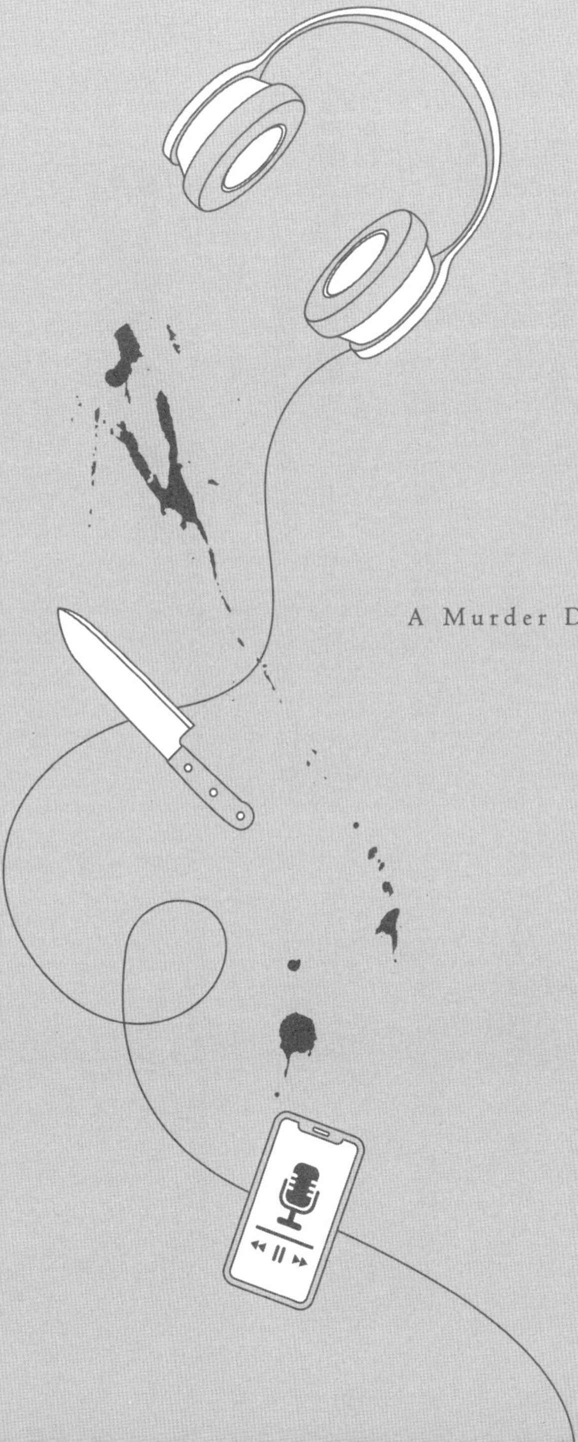

A Murder Deal for the Admirer

第六章

戴培渲原以為事情進展很順利。

和林俊成一起走在公園的林蔭步道，感受著微風吹過，青草和樹木的氣味飄散鼻尖，手拿著熱咖啡漫步，似乎有生以來第一次感受到了戶外行程的樂趣。

一同用餐據說是最能卸下心防，快速親近的社交方式，進食中會讓人們變得比較容易放鬆。不過並肩而行，不需全副心神在意應對舉止，戴培渲認為彼此更為自然地產生出一股親近感。

「戴先生、林先生，這邊有社區的公告通知信。」回到公寓時，他們在一樓被管理員叫住。

匆促列印的公告上頭是斗大的標楷體文字，寫著今晚七點要招開居民會議，所有住戶必須無條件派一位代表出席。

「管委會想要商討連續竊案，強調要管理員監督出席率。」年輕的管理員滿臉尷尬，用求救似的目光盯著戴培渲。

戴培渲從搬進社區以來，從來不曾出席會議。

「我知道了，我會去的。」戴培渲笑了笑。

能去一趟聽聽管委會對於保全系統的說法也不錯，居民們對於社區的安全警戒心提高，就現況來說是件好事。

只不過他沒有想到，自己不是作為居民之一被邀請出席。

※

晚上的會議是在居民活動會館進行，這裡有圖書室、酒吧和類似咖啡店的空間，有一些太太會定期在這裡舉辦讀書會。不過搬進來後，戴培渲只使用過樓上的健身房。

他沒有刻意避開這些空間，純粹只是有工作要忙。而且自家就有上百坪了，戴培渲都考慮要在自家弄個健身區，根本不需要特地跑來公共設施。

然而，這天晚上和年長的鄰居先生女士相處，戴培渲發現自己也許是下意識敬而遠之，避開和鄰居閒話家常的機會。

活動會館的裝潢同樣十分奢華，仿歐風的廳堂吊掛著水晶燈，入口做成拱門狀，地板鋪著地毯。

戴培渲一踏進富麗堂皇的交誼廳，便感受到眾多視線。在一群四、五十歲的長輩中，他一個年輕人十分顯眼。

挑在今天染成金髮，時機似乎不太好。

少數和善的先生太太對上眼時還是會打招呼，其他住戶則是毫不掩飾地上下打量他，有幾個住戶小團體還直接在他的面前交頭接耳。

林俊成似乎還沒到，戴培渲環視了房間一圈後，也沒有跟其他住戶寒暄，逕自找角落坐下。

「今天麻煩大家跑一趟，是想處理我們社區遭到竊賊盯上，連續發生了三起案件。」似乎是管委會主委的婦人拿著麥克風說道。她穿著一身相當正式的黑色訂製套裝，耳朵戴著珍珠耳環，打扮貴氣，「這幾家受害的朋友們損失都百萬起跳，秋館的何先生家勞力士收藏全都不翼而飛，損失超過千萬。」

交誼廳裡響起此起彼落的驚呼聲，以及表示同情的嘆息。

「我們繳了那麼多管理費，請了這麼多保全，錢都丟到水裡了？我住過那麼多高級社區，從來沒有遇過這麼離譜的事情！」一位身穿襯衫西裝褲的中年男子率先發難，高聲抗議。他的位置旁還擱著公事包，一下班就趕來參加會議，火氣相當大。

「我們絕對會向保全追究責任，有必要也會換新的廠商，保障大家的財產與住家安全。現在我們擔憂的是，犯罪集團發現在這個社區作案的報酬率太高，會以身試法，再度上門。」管委會主委面不改色地說道。「過往美國洛杉磯的名人社區、瑞典斯德哥摩爾近郊的富人區，都曾發生過長達好幾年的連環竊案。」

聽到這幾起案件可能不是偶然遭逢厄運，接下來還會再度發生，分坐在交誼廳沙發椅上的鄰居們臉色逐漸變得難看。

「我們管委會會加強保全，要求管理員提高警覺，可是也必須做必要的調查。」

這時，管委會主委朝著屋內眾人掃了一眼，「要是有聽到、看到什麼可疑人物，請大家務必即時連繫。」

整個交誼廳裡有一半的住戶和戴培渲一樣，認為這只是公式化的宣導，可是接下來，戴培渲感受到投注在自己身上的目光。

「有沒有人有意見想要提出？」一直相當莊重的管委會主委，用著有點刻意的語氣開放提問。

「我們社區有好幾百戶，鄰居有些不是太熟，又沒有限制訪客來訪，有時看到陌生臉孔，也不知道到底是壞人還是我們社區內的人。」一位眼熟的太太舉手說話，莫名有種背臺詞的拙劣演員腔調。

那位太太好像和管委會主委是同一個小團體，他們曾來過戴培渲打工的店家幾次。

「斯德哥爾摩的案件其實就是熟人犯案，是當地一群富家千金少女為了追求刺激、償還揮霍無度的卡債，趁著鄰居不在家時犯案。」主委太太做出一副凝重的表情說道。

臺下的鄰居面面相覷，從受害者搖身一變成可能的嫌疑犯，讓他們一時反應不過來。

「我有一個問題想請教。」這時，坐在講臺附近的年輕太太舉手，她也是同個小團體的成員。她回過頭來，和戴培渲正面相對，「我們今天規定每戶都要有人出席——我想請問戴先生家，不是由戶長出席嗎？」

戴培渲頓時成了矚目焦點，他莫名其妙地回答：「我就是戶長。」

「那位常常開著保時捷造訪的先生呢？他不住這裡嗎？」

「他只是訪客。」戴培渲微微沉下臉。即使說明王謙霖的身分也無所謂，可是他不喜歡被隨意探問隱私。

「那麼夏館的十六樓之一，是您一個人獨居嗎？」那位曾在健身房向他搭話的年輕太太繼續追問，聲音有點發抖，卻仍瞪大著眼睛看著戴培渲。

「沒錯。」戴培渲反問：「這跟現在大家的討論有什麼關係嗎？」

在他回答後，整個交誼廳裡傳來一陣竊竊私語聲。

部分鄰居原本不知道戴先生是誰，也搞不清楚為何突然要指名他問話，卻在戴培渲說出自己獨自住在房價最高的頂層後，氣氛為之一變。

戴培渲發現林俊成不知何時已經來了，站在門口旁靠牆而立，表情嚴肅，心情似乎不是很好，微微蹙眉。

「社區裡太太們白天帶小朋友在中庭遊玩時，常常看到戴先生出入。據我們觀察，戴先生好像沒有正職工作，時間作息不固定，只有每週在對街的咖啡店打工兩天？」

年輕太太的發言話說得委婉，也沒有做出任何明確的指控，可是在這種時候提及戴培渲的日常作息與收入來源，意有所指的目的相當明確。

交誼廳裡周遭投來的視線變得更為刺人，剛剛大聲抗議的中年男子橫眉豎目地狠瞪戴培渲，眼神裡滿滿的瞧不起。

戴培渲感到莫名其妙，「是沒錯，怎麼了嗎？」

「我想請問，戴先生的收入來源就是對面那家咖啡店的兼職嗎？」主委太太拿著麥克風問道。

「這應該是我的隱私，所有人都要公布自己的收入嗎？」戴培渲環視了眾人一圈，笑笑反問。

「我們是提出合理的懷疑。你說你就是戶長，不說水電生活費，我們社區的管理費一個月四萬元，以咖啡店的打工收入根本無法支付。」主委太太用堅定的眼神直盯著戴培渲，「您是怎麼買下那一戶房子的？是不是有人資助你？要維持住在這個社區的開銷很不容易吧？」

戴培渲總算意會過來，原來這些太太懷疑他是放小偷進來的同伙。

「是用我父母的遺產。」戴培渲環視了交誼廳裡的鄰居們，重新揚起笑容，不疾不徐地說道：「我家以前也算小有家業，代工外銷商品在海外有大量訂單，累積了不少資產。我爸媽死得早，和姊姊出門時一場車禍全家都走了，不只留下公司和房產，還有壽險跟意外險，我拿到三輩子都花不完的錢。」

戴培渲回答得相當平靜，整個交誼廳卻霎時鴉雀無聲。

原本一副勝券在握，齊心抓賊的鄰居們面露錯愕，主委太太第一次顯現慌張的神色。

戴培渲心想，他們其實未必真心認為他是小偷，有哪個犯罪集團會為了闖幾次空門花個兩三億買房子。

他們大概認為他是某個富商包養的情人，本身經濟實力不怎麼樣，真的有機率因為失寵而誤交損友鋌而走險。犯人不是他也無所謂，教訓吃軟飯小白臉、富人家的寄生蟲，也能逞一時之快。

「那你為什麼在咖啡店打工？」一個鄰居先生發問。

「我想要學習技術，再投資創立品牌開店。」戴培渲說道。「就算我有錢，也不能錢投進去就撒手不管吧？那家店開在非鬧區地段仍然生意興隆，很有參考價值。我跟店長學了很多。」

一時之間，戴培渲在眾人眼裡從不正經的小白臉，變成有錢卻肯吃苦的富二代，看著他的目光彷彿多了一點愛憐。

用身體和情緒勞動換得男人的錢就萬惡不赦，花父母的錢倒是理直氣壯。

戴培渲對這些人的價值觀感到無奈，但也能理解。畢竟這個社區的居民白手起家的比例很低，大多都是高知識分子、從商有成的富裕家庭長大，有錢人的孩子更容易有資源保持世襲，大多數居民都從原生家庭得來大筆財產。

聽到他說投資前先親身學習，有幾位鄰居尷尬地別開了目光，顯然是那些做生意總是失敗的富家子弟。

「就像您說的，那家店的薪水是最低時薪，我就算天天值班也賺不到管理費，要不是經濟無虞，怎麼會只在那上兩天班？」看著主委太太仍有所懷疑的眼神，戴培渲反問。

原本臆測他為了彌補財務缺口而犯罪，主委太太現在也不敢再隨意明目張膽地提出指控。

如果戴培渲是繼承大筆財產的富二代，那個常來找他的跑車男人恐怕是經濟條件相當的朋友。無論是財大氣粗的暴發戶，還是家裡不知道有什麼人脈的小開，隨意得罪了，後續說不定會招來麻煩。

「戴先生之前沒有出席過居民會議，我們沒什麼機會了解你，這次剛好解開鄰居們的疑慮消弭誤會，我認為非常好。」主委太太很快重整儀態，拿起麥克風厚著臉皮說道：「畢竟大家都住在同一個社區，因為誤會而產生嫌隙就太得不償失了。」

那位貴氣的婦人若無其事地將責任推到其他鄰居身上，坐在前排的年輕太太低下了頭，耳朵整個紅透了。雖然沒有指名道姓，可是一場指控下來，顯然早有鄰居謠傳戴培渲是個不務正業的小白臉。

「那還有沒有其他問題？」主委太太若無其事地轉移話題。

整個交誼廳一片鴉雀無聲。鄰居們面面相覷，才剛冒犯了一個年輕人，誰也不想沒事胡亂做出指控。

他們都住在這個社區，每天出入都會碰到，要不是戴培渲看起來不是同個階級的人，也沒人敢開口得罪。

詭異的氣氛持續蔓延，今晚的會議似乎沒有別的討論事項。

最後舉起手的，反倒是那個金髮的漂亮青年。

「我有疑問，聽說社區裡有考慮組成志工巡邏隊？」戴培渲舉手問道。「我今天和夏館十六樓之二的林先生討論過，想要確認公寓裡的治安死角，並且在我們家門口加裝監視器。」

聽到戴培渲如此認真關心竊案，主委太太面露尷尬的神情，故作鎮定地點頭說道：「我們會再製作意願表，排班執行。」

言下之意就是事發以來，還沒有付諸行動。

「既然如此，我就如各位太太所見比較清閒，又想自費裝監視器，這幾天有空時會和隔壁的林先生走走樓梯間，也可能會觀察一下防火門和各層樓的走廊與對外窗，有保全漏洞會再通報管理室。」戴培渲彎起嘴角，做出一個燦爛的漂亮笑容，「大家看到我不用緊張，不會把你們家偷光的。」

此話一出，整個交誼廳氣氛一滯。一些本來就沒懷疑他的鄰居忍不住哈哈大笑，原以為指控已經輕鬆帶過的主委太太面色如土，拿著麥克風僵在臺上。戴培渲也在譁然聲中，聽見一個熟悉的低沉輕笑聲。

※

「浪費了好多時間呢。」戴培渲順著人群走出交誼廳時，看見像是刻意留在原地等自己的林俊成，擺出了一副苦瓜臉，故意抱怨道。

這場會議冗長又空洞，沒什麼實質效益。

「其實主委說得沒錯，能釐清他們對你的誤解也好。」林俊成安慰。

「不夠討鄰居歡心，會被當賊呢。」戴培渲揚起眉，「你看起來一點都不訝異，本來就聽說過那些言論嗎？」

「我很意外他們會當眾指控你。」林俊成搖了搖頭，比起否認，更像是表達難以理解那些人的行為模式，「不過以前就聽過你被包養的傳聞。」

戴培渲腳步一頓。

看著戴培渲錯愕的眼神，林俊成眼底浮現一絲促狹。從漂亮青年的反應能推估這種臆測原先不在他的人生選項之中，他確實是好人家出生的小少爺。

「……你也相信嗎？」戴培渲仰頭看著林俊成的眼睛，「我是單身哦，而且現在沒有人養我了。」

漂亮青年半開玩笑似的做出委屈神情，眼神交流時，林俊成清楚接收到了直球暗示。

他們並肩走出活動會館，沿著社區內的磚頭小路行走。

以往居民會議後，許多鄰居會留在那個空間裡閒話家常，可是今晚氣氛太過難堪，導致有不少人一結束就急著離開。居民湧向春夏秋冬四幢大樓，現在回去公寓，反倒會擠在電梯廳裡，不得不社交。

「我去趟超商好了。」戴培渲舉起手，揮了揮充作道別，便朝著大門方向走去。

林俊成看著果斷離開的纖細身影。最近只要有機會相處，通常戴培渲都是比較積極熱情的那一個，今天卻像是無心留戀，若無其事地早早告辭。

豪宅社區大門口亮著橘黃色的夜燈，即使是夜晚仍燈火通明。戴培渲過了馬路，真的走進對街的超商裡，拿了個籃子走向啤酒櫃。

自動門開啟又關上，林俊成也走進超商，來到站在零食架前挑選著下酒菜的戴培渲身旁。

林俊成掃了眼購物籃，開口問道：「你急著回家嗎？」

※

高大男人手提著裝滿啤酒與零食的塑膠袋，戴培渲全然摸不著頭緒地跟在後頭。林俊成說要請他喝酒，替他在超商結了帳，還主動提供飲酒場地，按著自家家門的密碼，邀請戴培渲進屋。

公寓格局相似，裝潢與擺設卻造就了全然不同的氛圍。林俊成的公寓以暗色裝潢為主，黑色的家具與深藍色的部分粉刷卻不顯得沉重，反而透出一種寧靜的舒適感，從內部的桌椅、燈具與置物空間，能看出花重金聘請專業設計師的成果。

「你喝威士忌嗎？」林俊成讓他在客廳舒服地坐下，從冰箱取出冰塊、當作下酒菜的起司和煙燻鮭魚，「我有個酒櫃，晚一點想喝什麼隨時都能說。」

「突然對我這麼好？」戴培渲歪著頭問。

林俊成看了他一眼，「禮尚往來。」

也是很突然開始親近對方的戴培渲頓時安靜，老實地低頭拉開啤酒罐。

兩人最近相處的時間多了，再加上偌大的空間環境舒適，默默喝酒，氣氛也不顯得局促。要是他們真的只是感情要好的鄰居，這種關係好像也不錯。戴培渲心想，可是前提還是要確保林俊成不會突然喪命。

「你剛才說的那些話，有哪些是真的？」這時林俊成出聲問道。

戴培渲眨了眨眼，立刻反應過來。他曾在第一次和對方喝咖啡時，否認自己有開店的打算。

「——很可惜，只有創業投資那部分是假的。」戴培渲面露微笑，「那是從和你聊天得來的靈感。不過我真的不缺錢，會在咖啡店上班只是興趣，或者該說是原則吧。以前姊姊總是要我別當米蟲，就算找不到想做的事，也要做一點和社會保有連繫的工作。」

「他們是什麼時候過世的？」

「我大學四年級的時候。」戴培渲說道。其實有點意外林俊成會對自己的過去感興趣，不過他不在意用這點故事換取一點親近的機會。

「公司怎麼處理的？」看來之前王謙霖說他們關係緊密，似乎不是誇大，一個還在念書的學生突然坐擁大筆遺產，卻沒有被周遭蠶食鯨吞。

「轉手賣掉了。我爸媽本來就不是那種崇尚傳承的父母，也見過很多家族企業養了一堆皇親國戚勾心鬥角的慘劇。在我和姊姊還小時，就常常說我們不用繼承家業。」戴培渲拿起酒杯，「也不是真的有多大規模的公司，只是一家有兩間工廠的中小企業而已。電視上不是常有那種有錢人父母忙著拓展事業，疏忽了兒女的情節嗎？我父母不是那種類型。他們認為賺足夠的錢，給兩個孩子寬裕的生活就夠了。」

父親原本就養了一群忠心的員工，是很懂得下放權力重用人才的領導者，也因此意外發生時，有幾位跟著父親幾十年的幹部幫了大忙。

「雖然還是有不少想趁機占便宜的豺狼，也有親戚長輩想侵占公司，還有保險公司不想支付高額保險金，跑來找了我很多麻煩。幸好最後還是順利以合理的價格將公司賣掉，以前的員工們也都獲得了續聘的保障。」

戴培渲說得輕描淡寫，林俊成卻能想像出現利益衝突時，肯定是一段黑暗時期。

「保險公司怎麼找你麻煩？」

「他們想盡辦法找合約漏洞。從過世時間、是不是意外、有沒有重複保險、辦理手續的時間有沒有空窗期，那些專員想盡辦法只想給付一部分，少給我一點錢。」戴培渲笑了，眼神卻毫無笑意，「有個專員可能壓力太大心急了，居然還脫口問，我沒在車上，是不是我殺了全家想領保險金。」

一時之間，氣溫彷彿冷了幾度。

「是疲勞駕駛的對向卡車司機肇事，跟我完全無關。很快就結案了。」戴培渲湊近沙發另一側的林俊成，半開玩笑地拍了拍肩膀要他放心，順勢挪動了位置，貼著林俊成坐下。

「其實我那時根本沒心思在意保險，還覺得他們一直打來確認很煩。幸好那天王謙霖來找我，要我開著擴音一起聽，他一聽到立刻痛罵了保險員一頓，還說要拿錄音去告那間公司。結果保險金全數都拿到手，還收了慰問金。」

乍聽之下是個痛快的故事，戴培渲沒說出口的部分是，他的母親是個濫好人，常常幫不同朋友做業績，買很多不同種類的保險。結果這些人情變成了燙手山芋，在過世之後朋友紛紛為了減少利益損失，來騷擾她正在服喪的兒子。

「你們感情真的很好。」林俊成沒有排斥他靠近。

「其實是這幾年才變親的，尤其有些親戚跟我撕破臉了，他是唯一還會連絡的對象。」戴培渲說。「他以前其實和我姊比較要好，他們年紀相近，性格也相似，都又聰明又上進，從小就是一副菁英樣。」

說起來那起意外也改變了王謙霖，以前的王謙霖不僅不會認同他過現在這種不安定的生活，更不可能總在平日下午出入他公寓，躺在沙發上悠閒點外送。

雖然戴培渲知道表哥這麼做比起偷懶，主要目的是陪伴他並確認他的精神狀態，但王謙霖的性格還是比以前放鬆不少。

「還是喝你的酒吧。」戴培渲視線落到威士忌上。啤酒還是太淡了，比起喝醉更可能喝飽。

林俊成起身替他準備冰塊，在乾淨的酒杯裡倒酒，注意到提起姊姊時，戴培渲表情沒變，情緒起伏卻隱約變大了。

「你會在咖啡店上班，是你姊姊的主意？」林俊成將酒杯遞給他，坐回和戴培渲緊靠著的位置，「聽起來是個好姊姊。」

「要不是有她，我說不定會變成上新聞那種紈褲子弟。」戴培渲一口氣喝掉半杯酒，感受烈酒強烈的後勁，「我是爸媽老來得子，都快四十了才生下的兒子，所以他們對我很縱容，從小萬般溺愛。我從來沒有被父母罵的記憶，糾正我的都是姊姊，大概是托她的福我才能有一點常識。」

身為長女的姊姊從小就接受嚴格教養，自己也相當爭氣，求學時一路名列前茅，成績優異，從一流大學畢業，也進入大企業上班。

「她沒有靠爸媽，自己面試到很好的外商公司，年紀輕輕就當上主管，事業相當成功。」戴培渲說道：「可是她一直都很緊繃，把壓力扛在肩上，身體逐漸出狀況。在車禍發生之前，她的身體狀況很差。」

那時姊姊由於壓力而停經了數個月，已經到適婚年齡的她因此不願意和家裡安排的相親對象見面，擔心日後會事業與生育難以平衡面臨刁難，而且因為荷爾蒙變化，還長了滿臉的痘痘。

「我有次撞見姊姊被鄰居太太調侃都已經是老小姐了，還學不會保養方式，打理好外貌，書讀那麼多有什麼用。」戴培渲深吸了一口氣，似乎竭力壓下爆粗口的衝動，「那次她好像大受打擊。姊姊平常是比較強勢的性格，也不害怕指正長輩，那次竟然對鄰居的話完全沒反應。我以為是不想理會，後來才發現她竟然是僵住了。」

他從來沒有看過從小冷靜的姊姊露出那麼倉皇失措的眼神。她似乎意識到不僅是鄰居，出門遇到的每一個人，公司裡的同事、接待的客戶，看到紅腫發炎又坑坑疤疤的臉時，都可能在心裡如此評價，認為她是個不及格的社會人士，從此自信心大幅下降。

「我爸媽終於決定介入，不過不是要她辭職回家休息，而是陪她調養身體。」戴培渲提起老好人的父母時，眼睛裡有著一絲帶著亮光的笑意。

沉默片刻，他靜靜地說道：「車禍發生那一天，我爸媽載著姊姊去外縣市，要去找一間非常有名的中醫診所看病。他們聽說那裡能治好婦科疾病和嚴重荷爾蒙失調，沒想到卻在回程的路上被卡車撞上。」

三人當場撒手人寰。

直到此時此刻，戴培渲才意識到這是頭一次和他人談論當時的事故。他總是在網站上看著一個又一個投稿到許願池的生活煩惱，有了始終很貼近人心的錯覺，可是直到說出口，才發現人生裡已經有好多年不存在交心往來的對象，有意義的他人。

「幸好我當時夠大了，沒什麼要被哪個親戚收留、讓誰扶養，經濟陷入困難的問題。」戴培渲暗自深吸一口氣，露出微笑，「我可以自己決定出路。」

他沒有變成孤兒，那時都快二十二歲了，本來就是要踏入社會的時間點。

戴培渲曾聽聞大學同學們暗地裡說他簡直中了樂透，快畢業就坐擁巨額資產，還沒有父母拘束，要和他打好關係才行。後來戴培渲一畢業就刪除了原本的社群網站帳號，換了手機號碼，搬家後沒有再和任何同學保持連繫。

這時，一個輕柔的觸感碰到他的髮梢。林俊成輕輕撫摸他的頭頂，溫暖的手掌碰了碰他。

「你把自己照顧得很好。」林俊成說道。「無論處在什麼社經地位和年紀，能做到這點都很不容易。」

沒想到比起安慰會得到褒獎，戴培渲眨了眨眼，「你怎麼知道我過得很好？」

「眼神。你的目光一直都很堅定，帶著有目標的亮光。每次碰到時都把自己打理得很好，目光接觸時都能露出笑容。」林俊成說道：「我在好幾家年薪五六百萬的公司上過班，就算事業有成，能保有這種精神的人並不多。」

「你沒把我當成被包養的小白臉嗎？」戴培渲挑眉，他知道林俊成起初對他很防備。

「就算被包養，也是個人選擇。」林俊成淡淡說道。「我在意的是你的行為模式改變。」

「……你不喜歡嗎？」戴培渲力持鎮定，「寂寞的獨居男子下定決心拓展生活圈，鼓起勇氣在電梯裡和鄰居閒聊？」

林俊成笑了，他知道戴培渲不是害羞怕生的性格，以前也像是不在乎旁人一樣總是一臉冷淡。

可是聽了曾遭遇的重大變故，也能理解他原先的封閉。將公司賣掉、學生時期收穫大筆遺產，即使戴培渲輕描淡寫，過去這些年肯定經歷過許多人性的現實面。

再加上他提起姊姊時，即使沒什麼表情，拿著酒杯的纖細手指卻微微發抖，可見當時的創傷在他身上留下很深的影響。

林俊成知道戴培渲沒有完全對自己說實話，可是這種程度的坦誠已經超越了許多成年人表面的交際。

「我很歡迎。」林俊成勾起嘴角，碰著戴培渲髮梢的手指往下滑，輕輕擦過曲線優美的脖頸，放到緊貼著他坐著的漂亮青年身側，彷彿半摟著戴培渲。

酒精發揮效用，輕微的暈眩感軟化了緊繃的神經，戴培渲已經很久沒有這種卸下緊張的放鬆感。而男人家裡偌大的客廳也瀰漫著一股慵懶的氛圍，彼此的大腿緊緊貼在一起，沒有人對另一個人的體溫感到抗拒，這在生理男性之間，似乎已經是顯而易見的暗示。

戴培渲暗自慶幸，林俊成沒有擠出空泛的話語安慰喪親之痛，僅僅只是傾聽與陪伴。

這時，林俊成放在桌上的手機鈴聲響起。戴培渲瞄了一眼是朱逸凡來電，便起身說道：「我去一下洗手間。」

酒氣一口氣湧上，瞬間有些頭昏眼花。戴培渲咬緊牙關站穩了腳步，走向走道側邊的洗手間。

這裡的格局和他家很相似，洗手間也像間小套房般寬敞。戴培渲打開水龍頭，在裝修簡約的空間裡洗了把臉。

他很少在有工作在身時飲用烈酒，似乎高估了自己對酒精的耐受性，幾杯威士忌下肚，思考能力明顯變得遲緩，話也變多了。

戴培渲知道是受到衝動驅使，內心有一部分，想要在林俊成主動伸出手提供慰藉時，罕見地放縱一次。

戴培渲深深嘆了一口氣，祈禱自己沒有說出明天會後悔的話。

林俊成今晚表現出來的同理與耐心令他驚訝，戴培渲非常清楚要陪伴受傷的靈魂有多麼不容易。

經營許願池網站初期時，他曾開放過留言互動的功能，結果發現痛苦有時並不能相通。許多自身經歷家暴、霸凌、辦公室排擠等問題的受害者，依然以指責的態度要求其他受害者檢討自己，留言區時常一片肅殺之氣，還有使用者因此刪除求救訊息。

儘管有些留言並不帶怒氣，僅僅只是想要解決問題，可是否認他人情感和質疑對方，有時就會造成傷害，彷彿把他人當作問題本身。

戴培渲之所以會把網站取名「許願池」，也是明白他所做出的行動太過微薄，難以真的拯救他人的人生，藉此提醒使用者這只是像路過水池丟下硬幣說出心願一般，不要抱著太大的期望，等著他人來拯救自己。

只不過向林俊成坦白過往，帶來了超乎預期的療癒效果。

他想起以前讀過不少溝通協調的書籍，都有提到人們常以為人緣好的人是因為說話有趣，事實上比起能言善道、說出動人的甜言蜜語，人際關係良好的人其實是擅長傾聽並做出回饋。

戴培渲瞪視著鏡子裡膚色泛起淡紅的自己，想起林俊成彷佛認為他很重要，專心聽他說話的神情，能瞭解為什麼謝家綺當年會在一起錄製 Podcast 的過程中，喜歡上曖昧對象的多年好友。

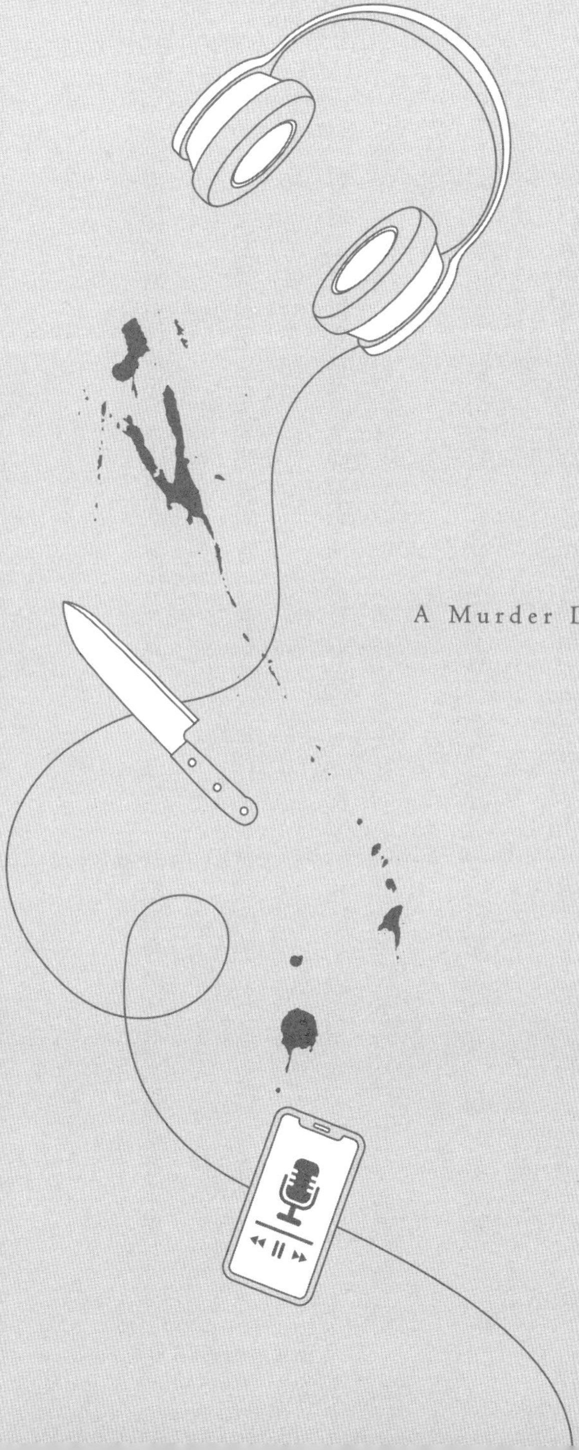

A Murder Deal for the Admirer

第七章

將自己重新打理好，走回林俊成家氣派的客廳時，戴培渲發現空氣的質地起了變化。

原先溫馨中隱約帶著旖旎的曖昧氣氛蕩然無存，沉重僵硬的冰冷氣息沉積在堆著眾多酒瓶空罐的空間裡。

戴培渲原以為是林俊成接到壞消息的電話，然而當林俊成抬眼看他時，那雙烏黑的眼眸中透出的懷疑彷彿一把利刃。他在男人眼裡的吸引力似乎大為降低，甚至隱約有些倒胃口。

「怎麼了？」戴培渲極力掩飾著連自己都感到驚訝的打擊感，還不等林俊成回答，他就看見手機落在沙發上。

他們剛才坐得很近，林俊成輕而易舉就能看到他的訊息通知。

難不成是委託人來了連繫？

戴培渲連忙拿起手機，一眼就看到最上方的推播通知。

［Jiachi0220 現在正在直播中］

「你是他的粉絲？」林俊成的語氣變得冷硬。

戴培渲花了幾秒鐘才想起來這個帳號。他是在把謝家綺當成嫌疑犯之後，為了掌握資訊而按下了追蹤，想不到會因此被林俊成誤會。

「你很討厭他嗎？」戴培渲反問。他知道這兩人關係不好，可是沒想到光是追蹤就能產生這樣強烈的反感。

客廳裡陷入短暫的沉默，和剛才溫馨的靜謐截然不同。

「不是這個問題，你喜歡他多久了？」林俊成問道，眼神裡浮現了不信任感，「你和他有接觸嗎？」

戴培渲張了張口，想起林俊成曾在他打工的店裡被謝家綺埋伏，對方似乎完全往錯誤的方向解讀，認為他是家綺的粉絲，為了討好家綺，不惜和鄰居打好關係。

「……不是這樣，我和他沒連繫。」

林俊成仍是一副面無表情，築起高牆的模樣。信任一旦被破壞，別說是含糊不清的解釋，使用仔細雕琢的謊言也只會更加深嫌隙。

戴培渲知道這個男人並沒有外表看來那麼好親近，至今為止對方肯定也察覺到許多細微的不對勁，只是因為對戴培渲有一點好感，才願意選擇忽略。

然而背後如果牽扯到另一位男性，立場便會一夕翻轉。

戴培渲看著別開視線的林俊成，對方似乎已經在思考如何送客了。

「我甚至不是他的粉絲。」

從剛才開始彷彿一座雕像般面無表情的林俊成有了反應，微微揚起了眉，一臉莫名奇妙。

「我是最近發現你們以前有合作過，才會追蹤他的，為了看他會不會提到你。」

戴培渲咬了咬牙，解鎖手機螢幕，點開鯨落電臺的 Podcast 頁面。集數列表上的每一集都顯示著已播放，他聽完了上架的所有集數。

「……我是你的粉絲。」

說出這句話遠比想像中還要來得羞恥，從來沒有追星經驗的戴培渲不是很確定這種表達方式恰不恰當，不過一般粉絲大概也不會有這種在快要翻臉決裂的場合表白的機會。

空氣再度陷入寂靜。

林俊成看著他的 Podcast 介面。戴培渲知道以這個男人的智商肯定立刻就能判斷出整個頁面有哪些資訊是他想要表達的，數百集六十分鐘節目的完聽率和訂閱按鈕，比起隨手按下追蹤的 IG 更能證明粉絲忠誠度。

沉默繼續蔓延，戴培渲發現這次的寂靜比先前任何一次帶著懷疑、敵意、猜忌的氛圍都更為難熬。他比較習慣活在充滿心機和仇恨的世界裡，這種焦灼羞恥的尷尬感讓他萬般陌生。

「是因為我前陣子和諾阿姆合作了？」林俊成開口，男人很快就猜到脈絡。

戴培渲點了點頭，不是很確定對方的態度。

林俊成散發出來的冷峻感消失了，沒再對他保持警戒，但似乎還在思忖著情況。

「你是什麼時候認出我的？」

「呃，某次我們在走廊上說話的時候。」

其實是第一次。

他拿著手機的手都快痠了，在酒精的影響下還不自覺微微發抖。他默默地收回了手，像個犯錯的孩子一樣，站在坐在沙發上的高大男人面前。

「我還是第一次只憑聲音就被人認出來。」林俊成緩緩說道，再次抬眼看他時，眼神多了一絲興味盎然。

四目相接時，戴培渲突然有點難以對上目光。他發現自己困窘得臉頰發燙，因為酒精影響整個人更為狼狽，難以掩飾慌亂的神情。

林俊成似乎沒再對他懷抱敵意了，認為達到消除誤會的目的，戴培渲匆促地轉過身。

「……那我先告辭了。」劇烈的動作放大酒精影響，戴培渲一陣頭昏眼花，腳步有些搖搖晃晃。

看著白皙肌膚泛起瑰麗色澤，面紅耳赤，眼睛溼潤的漂亮青年倉皇失措地想要逃離，男人彷彿被點燃了追逐的本能，起身抓住他的手腕，好心地扶了一把。

「時間還早，這麼快就要走了？」林俊成低聲問道。

好聽的嗓音在語氣溫柔時殺傷力變得更強，酒醉狀態下難以掩飾表情的戴培渲，身子不受控制地微微戰慄。

「讓我補償你，好嗎？」也許是知道就這麼分開，彼此的關係會變得尷尬，林俊成幾乎是將他摟在懷裡，態度堅定，「你有想知道的事情直接問我，不必去追蹤謝家綺。」

戴培渲瞬間清醒了一點，仰頭問道：「你為什麼討厭他？他為什麼要一直纏著你？」

「……結果都是別人的問題嗎？」林俊成臉色微沉，戴培渲這才發現那種倒胃口的表情是針對謝家綺。

戴培渲睜著一雙無辜的眼睛，就著被攬住的姿勢貼向林俊成胸口。男人的喉結動了一下，神情也變得緩和了一些，在他身上作用的性吸引力似乎也影響著林俊成。

「我不討厭他，只是不想和他扯上關係。」林俊成淡淡地說道。

「這不就是討厭的意思嗎？」

「我不認同他的各種行為，但不想在他身上浪費任何情感波動。」林俊成說著，手指像是撫摸貓咪一樣輕輕摩挲戴培渲的後頸，柔聲說道。「他和諾阿姆畢竟是公眾人物，有些事情必須經過朱逸凡同意才能說。」

戴培渲有點失望，可是林俊成示好的安撫很受用。

「是工作的事，不怎麼有趣。」林俊成臉上的笑意加深，微微彎下身貼近他。即使不能詳細說明，林俊成並不希望他朝著感情糾紛的方向思考。雖然在獲取情報的層面上有點可惜，但戴培渲喜歡這個澄清。

激烈的情緒起伏過去，他接受了林俊成的挽留，接下來的記憶就變得有點模糊。

林俊成開了一瓶很甜的白葡萄酒，酒精濃度不高，可是混著喝好幾種酒，戴培渲的記憶開始變得片段。

不知道是誰開始的，當他注意到時，林俊成在沙發上壓著他，而他的舌頭伸進了對方的嘴裡，被狠狠地吸吮舔吻，溼熱的唇舌交纏帶著濃烈酒氣，戴培渲卻毫不在意。男人的手掌牢牢扣住他的後腦杓，反客為主掠奪他的呼吸，舔舐著口腔黏膜與敏感的上顎，他也動著舌尖主動迎合。

有理智時，他們想必都是知道酒醉泡澡相當危險的成年人，可是下一個戴培渲回過神來的瞬間，已經和林俊成雙雙赤裸泡在浴缸裡。主臥室的浴室空間寬敞，按摩浴缸能輕易容納兩個成年男人嬉鬧。戴培渲面對面坐在林俊成的腿上，兩人一邊親熱，一邊喝著冰涼的葡萄酒。

林俊成留意著漂亮青年的狀態，有力的手臂牢牢摟著他，手掌目的明確地撫摸著滑膩的肌膚。戴培渲的身體有經過鍛鍊的痕跡，側腰與腿部線條都很漂亮，還附著薄薄的肌肉，不像是在健身房刻意練出來的體態。膚色白皙到彷彿發著微光，大概是天生麗質和長年深居簡出的成果，也許他從小就是個不愛出門的室內派。

然而在那柔軟白皙的漂亮皮膚上，卻有著大大小小的傷口，有的瘀青已經褪到近乎消失，有的挫傷隱約像是疤痕般留下暗紅色痕跡，傷痕累累的身軀似乎在不同時期受到傷害。

彷彿要打斷他的凝視，戴培渲像貓一般姿態優雅地湊近，嘴唇若有似無地碰著林俊成，誘人的呼吸聲略顯急促，像是不滿林俊成停止了愛撫，漂亮的眼眸直勾勾盯著他，帶著一絲抗議。

林俊成維持著靠坐在池邊的姿勢，目光隱約變得深沉，托著青年纖細腰肢的手臂收緊，讓坐在腿上的戴培渲和他身體緊密相貼，啃咬起曲線優美的脖頸。

微疼的觸感讓戴培渲微微一縮，但沒有躲避，反而回摟著他的肩膀，咯咯笑了起來。

林俊成安撫地舔吻他嫣紅的臉頰和頸側，手指探入水中，順著後腰向下，撫摸起隱藏在柔嫩臀縫之間的穴口。

「嗯……」被手指尖插入時，漂亮青年發出一聲喘息。林俊成一時間有股衝動，想要直接在水裡把他操開，將他按在浴缸邊緣狠狠抽插。

他們在水裡待太久了，儘管有預先將按摩浴缸的水溫恆控設定在較低的溫度，還是不適合大量飲酒後在浴室裡做。

一邊將整根修長的手指挺進深處，林俊成抓著漂亮青年的腰，耐心地幫他放鬆，一邊想著以後也許能等清醒時再拉著戴培渲做一次。

再一次。林俊成發現這個念頭似乎將這種關係視為常態。

戴培渲將臉頰靠在男人的肩頭，隱忍著習慣手指侵犯，林俊成又多放入一根手指，突然有點粗暴的翻攪。

被掌握在手中的細腰突然猛力震顫，林俊成扣緊他的腰，毫不留情地加強力道。

「啊、等……」戴培渲原本朦朧的意識陡然回籠，直起身子按住林俊成的肩膀，似乎想要反抗。

林俊成將放在深處的手指完全抽出，抱起一瞬間僵住的漂亮青年猛然起身。

突然整個人被抱離浴缸，戴培渲嚇得連忙抓住男人寬厚的肩膀。全身沾著水珠的赤裸身軀暴露在空氣中，可是比起一絲冷空氣帶來的清醒，雙腳離地反倒讓人更加不安。

林俊成完全不像喝醉酒的人，抱著他的雙臂十分穩固，姿態輕鬆地拎著他跨出浴缸，將戴培渲放在大理石洗手臺面鋪著的毛巾上，用柔軟的浴巾替他擦乾身子。過程看起來十分熟練。

戴培渲披著浴巾雙腳懸空坐在檯面上，微瞇著眼睛看著林俊成打理自己。對方顯然完全不在意赤身裸體，露出長年有紀律鍛鍊的傲人身材，從有力的臂膀到毫無一絲贅肉的腹肌，肌肉線條飽含雄性張力。

林俊成和他對上目光，隨即勾起好看的笑容，像是要褒獎他的等待，吻了他的嘴唇，又再度將他抱起。

戴培渲本來想開口說自己可以走路，可是林俊成似乎很享受掌握他的身體。而且接觸到主臥室的乾燥空氣時，他才發現自己在洗澡水和酒精催化下整個腦子一片混沌，全身也癱軟無力。

背脊碰到柔韌的床墊，戴培渲還來不及感受這張觸感扎實卻柔軟的深色大床，男人便像是迫不及待地覆到他身上。

「嗯……」溼熱的舔吻落在胸前，男人一邊安撫著他，一邊拉開他的腿，下身有些躁進地抵著穴口，拓開他的身體。

全身乏力的戴培渲沒有抗拒，仍然因為異物感而皺起眉頭，堅硬的東西一寸寸插入他的體內，帶來鮮明的侵犯感。林俊成沒有等待太久，便直接往裡面挺進。

「啊……」深入彷彿沒有盡頭，粗長的性器挺進難以想像的深處，戴培渲忍不住發出一聲哀鳴。呻吟聲彷彿刺激了身上的男人，林俊成抓緊他的腿，猛力直插到底。

戴培渲微張著嘴，一時發不出聲音，而林俊成只停頓了一瞬，便挺動起來，深入淺出地在他體內深處抽送，摩擦戳刺著柔軟的內壁，硬生生把他操開。

「哈、啊……」隨著肉刃反覆抽插，戴培渲漸漸能感受到快感，可是腦海深處感覺有哪裡不太對勁，卻想不起來。

男人抓著他的腿不斷往體內擠進來，像是想要插得更深似的狠狠碾磨，彼此緊緊合而為一的感覺很好，他順從地任由男人在體內馳騁。

林俊成像是很滿意身下漂亮青年溫順的配合，低頭吻了吻他的嘴唇，就著正面上他的姿勢抽插了許久。緊緻的後穴收縮著，緊緊吸附著熱燙的昂揚。

牢固的大床因為強烈的撞擊而傳來細微悶響，整個空間裡只有男人交纏發出的喘息，乾燥舒適的主臥室氣溫彷彿逐漸升高，床上滿是淫靡的溼氣。

逐漸習慣快感的戴培渲渴望著更強烈的刺激，主動將腿纏上男人的腰。林俊成目光微沉，隨即抓著青年的身軀，就著結合的姿勢面對面將他抱到腿上。

「嗯……」乘著自身的體重，戴培渲用力坐在男人腿上，性器由下而上狠狠插到先前沒有碰到的軟肉，讓他一時動彈不得。

林俊成享受著他痙攣而緊縮的內壁，扣著他的腰毫不留情地往上頂弄，插得他發出哭腔。漂亮青年的淚水彷彿激起了性欲，男人更加用力地操幹，在完全沒有碰觸他前端的情況下，直接把他操到高潮。

戴培渲喘著氣，眼前一片模糊，短時間內彷彿失去了意識，只依稀感覺到男人的手依舊抓住他，不停在體內抽插。

過了好一會，林俊成似乎快要到了，重新將他放回床上。

「把腿張開一點。」林俊成低聲命令。

戴培渲累得不行，可是並不排斥男人繼續擺弄他的身體，便聽話地張大雙腿，讓壓在身上的男人能更輕易地挺進深處。

強烈的快感攪得他腦子一片模糊，在酒醉的狀態下，戴培渲感到近乎暈眩，要不是林俊成每一次抽插都像是要把他釘在床上，可能已經昏睡過去。

在頭一次感到對方快要高潮之後，林俊成又持續在他體內抽插了十幾分鐘，才總算扣著他的腿，在體內深處重重撞了幾下。

緊緊埋在深處的粗長性器陣陣抽動，熱燙的精液射在體內深處。

這一刻，始終覺得有哪裡不太對勁的戴培渲陡然清醒，睜大了雙眼。

男人熱燙的昂揚毫無阻隔地插在後穴裡，被他的內壁緊緊包覆。林俊成沒有戴套，還直接內射了。

※

一大清早，戴培渲頭痛欲裂，像是被毒打一頓般全身疼痛。他在陌生的房間裡醒來，面朝下趴在床上，雙手抓住蓬亂的頭髮，想讓那種暈船般的噁心感停下。

「早安，你的咖啡要加牛奶和糖嗎？」林俊成站在門口，欣賞了一會從棉被裡露出來的風景，曲線優美的背部微微弓起，讓他想起握著那觸感滑膩的細腰，從後頭進入的快感。

他有點後悔不該為了避免太親密而先起床，要是繼續待在床上，也許有機會趁著戴培渲還起不來時再玩一次。

看著宿醉掙扎的漂亮青年，林俊成面不改色地在心裡起了遐思。

「要先倒杯水給你嗎？」看著遲遲沒有回應的戴培渲，他走到床邊，伸手摸了摸那頭像小雞羽毛般翹著的頭髮。

戴培渲縮了一下，像是在迴避他的手，「我回去洗就好。」

他的心情明顯不佳，林俊成沉默半晌，「抱歉，昨晚有點過分。」

雖然雙方是你情我願發生關係，後來卻做得有點過火。

戴培渲從枕頭中露出一隻漂亮的眼睛瞪他，「不用道歉，我是在生自己的氣。」

說完他猛然撐起身子，似乎想一鼓作氣下床穿衣服走人，卻像隻剛學走路的小羊，顫巍巍地差點摔落床邊。

「你的衣服我剛丟進洗衣機了，昨天散落在浴室地板都髒了。」林俊成沒有笑，而是很溫柔地把他拉到腿上，替他揉揉腰，「要幫你擦一點痠痛藥膏嗎？」

「不是這個問題！」戴培渲暴躁地低吼，他從未在林俊成面前展現過這種脾氣，隨即深呼吸了好幾次，努力讓自己冷靜下來，「……我不該讓你無套進來的。」

他不應該在目標家裡喝得爛醉，也不該在前戲時都沒有提醒。男人無論是用手指還是性器磨蹭他時，他都沒有抗拒，在情欲沖昏頭的情況下被直接插入還渾然忘我。

戴培渲還是有一點點生林俊成的氣，對方不僅無套，做了四次也就算了，每一次都緊緊壓著他，射在他裡面。

戴培渲生氣地抬眼，「你很常睡粉絲嗎？」

看著趴在他腿上發怒的漂亮青年，林俊成有些心猿意馬，忍不住伸手摸著他的後頸，「這是第一次，我很久沒和人睡了。」

所以才會那麼欲求不滿嗎？戴培渲心情莫名好了一點，但還是沒忘記原則，「就算不常做，還是有風險。我要去醫院拿 PEP，你要來嗎？」

PEP 是需要醫生開立的處方藥，是事後的預防性投藥，性愛後七十二小時內有八成的機率能預防愛滋病感染。雖然不是百分之百，至少能降低風險。

「我有做過檢查。我很乾淨，什麼病都沒有。」林俊成安撫地摸了摸他的臉頰，「你不放心的話，可以拿報告給你看。」

戴培渲微微睜大雙眼，安靜了好半晌，才開口道：「……那你都不怕我有病嗎？」

林俊成想了想，「還滿值得的。」

戴培渲一開始沒聽懂，看到男人的視線落到他沒穿衣服的身體，猛然意識到對方是在說前一晚幾乎折騰到天亮的無套接觸，頓時面紅耳赤。

「我也是第一次做這種事，沒戴套就做了。不知道為什麼，和你這樣做好像很自然，我也是第一次在裡面——」

要不是對方有做過檢查，他也不會懷孕，這個道歉會顯得輕微，像是不負責任男人的藉口。然而昨晚做愛時，戴培渲確實也感受到對方所說的化學反應，也許他們從費洛蒙到身體都很合拍。昨晚他發現對方沒戴套時，雖然整個人僵住，卻也沒有抗拒，後來還是讓男人繼續在體內摩擦進出了很久，不想讓對方拔出來。

林俊成撫摸著他的後頸，「很不舒服吧？我幫你洗乾淨吧。」

戴培渲懷疑地看著對方，他從男人的眼底沒看到多少悔意，頂多只有一點擔心，可是更多的是欲望。同為男性，他很清楚對方從剛才進門以來盯著他看的眼神代表什麼意思，現在要是被帶進浴室，恐怕不會只有清洗那麼簡單。

「……如果你會在乎的話，我也沒病。」戴培渲嘆了口氣。

※

戴培渲穿著過於寬大的浴袍坐在桌邊吃早餐時，已經日上三竿。他喝著男人沖泡的咖啡，疲倦地嚥下塗抹了奶油的烤吐司。

「你不需要吃一點肉嗎？」空氣中香氣四溢，林俊成煎了牛排，「你有點太瘦了，體力才會那麼差。」

「六次才不正常。」戴培渲面露凶惡地咬著吐司，抗拒著肉食的氣味。

剛才整個被男人抱在身上做時，他以為自己會死在浴室裡。

「我們中間有休息。」林俊成意有所指似的說：「沒有喝酒的話，我能表現得更好。」

「……你會做飯的話，為什麼要買便利商店？」戴培渲假裝沒聽出邀請，硬是轉移了話題。

就連手沖咖啡也是，林俊成家裡有器具，也有不錯的咖啡豆，卻會喝便利超商的咖啡，也會應他的邀請來他打工的店。

「外食比較不浪費時間，也不用囤積食材。」

戴培渲知道對方說的是實話。剛才從浴室出來，他又在床上癱了一會，那時門鈴有響，是林俊成叫來的外送生鮮食材。桌上的牛排和生菜沙拉都是剛剛送上門的。

比起直接叫外送，今天親手下廚大概是對方展露一點歉意的方式。戴培渲拿起叉子，吃了一口面前切好的牛排。

坐在桌子對面喝著咖啡的男人微微一笑。戴培渲忽略了另一項可能，男人表現積極時，常常是基於雄性本能。

戴培渲穿著林俊成尺寸的浴袍，像是整個人包裹在鬆軟的白色毛巾裡，一雙漂亮的腿有大半裸露在外。

「我下午有班。」察覺到視線的戴培渲猛然抬起頭，警告地說道。

※

原本約好今天去爬樓梯巡邏，戴培渲站在咖啡店的櫃檯後方，整個人仍因昨晚的放縱而渾身難受。他決定先傳訊息和林俊成取消，不過倒是可以先連繫業者來裝設監視器。

他趁著沒有客人時拿起手機，結果正巧有一則訊息傳來。看到那個聊天室邀請，戴培渲彷彿瞬間置身冰窖。

「準備得怎麼樣了？」

「目標住在保全森嚴的公寓，深居簡出，每天只在白天外出，行經路線都是人來人往的大馬路。」

戴培渲為了展示誠意，回報對林俊成的觀察。

「你說過會提出方案。」

「也許能透過外送下手，我會觀察他時常下單的店家和品項，調包食物。國內的危險藥品現在為了避免誤食，都會添加氣味強烈的臭味劑示警，我打算從國外下訂藥物。」

戴培渲回應。這也是為了盡可能拖延時間才想出來的方案，想不到對方立刻否決。

「稀有藥物進口管制嚴格，太容易被追查。依照你的網站加密程度，一天就會進監牢了，還會連累所有的使用者。」

對方回應。

「別用毒物，很愚蠢。」

這輩子從來沒有被這樣侮辱過的戴培渲挑起眉，不過被委託人駁回反倒正合他心意。

「那我會再研擬對策，也許裝成入室行竊的意外。」

然後下一次連絡時，戴培渲會提起因為連環竊案，大樓的保全更嚴格了。

委託人好一會沒有說話，戴培渲緊盯著螢幕，直到不遠處的店長有點困擾地出聲喊他。

「那我先去忙了，手上還有別的工作。」

戴培渲輸入訊息。

沒等他找到如何退出，委託人直接切斷了連繫。聊天室出現閃退，手機畫面直接跳轉回首頁，訊息內容什麼東西都沒剩下，也無從找人追查。

偏偏在他宿醉又全身痠痛的日子，店內生意特別好。社區似乎又開了另一場祕密居民會議，今天客人是鄰居的比例相當高。

「有空時來我們家坐坐，我兒子年紀跟你很相近。」

「我老公買到電影的播映權，最近電影院要上映的那部懸疑片可以來我家看，我們星期三要舉辦放映會。」

「你有沒有女朋友呀？有個對象定下來，日子也會過得比較順利。」

鄰居們似乎終於決定要跟他打好關係，每個來買咖啡的太太都不忘強調一下自己是住在哪一館幾號的好鄰居，也有幾位先生來買咖啡時莫名地對他擠眉弄眼，邀請他去釣魚。

就連主委太太都親臨小店，一走進門就霸氣地表示要一百杯咖啡。

戴培渲僵著笑臉反問：「一百杯美式？」

「幫我送到這個地方。」主委太太拿出一張像明信片的厚紙板傳單，「這是我朋友的畫展，有很多賓客。有什麼點心方便也一起送去，我會買單。你們可以帶名片去發，順便宣傳。」

主委太太用塗抹著金色指甲油的手指點了點櫃檯旁的可麗露和馬德蓮，不知為何用一種施恩似的口吻說話。

不管她來捧場一杯還是一百杯，戴培渲都是領一樣的時薪。

那個地址是市區一個藝文空間，車程大約半小時內可以抵達，路過的民眾也不見得會為了一杯冰美式特地搭車來這種住宅區的小店家。就算有效果，生意變好了，戴培渲也只會更累，還是領一樣的時薪。

尤其他們本來就是生意穩定的小店家，根本不需要救濟。

「大量訂單通常都要事先預約，我先和店長確認——」

站在一旁的店長早就聽到他們的對話，滿臉掙扎，最後像是捨不得訂單，又不願意得罪附近的住戶，硬是接了下來。

「你們去吧，店裡我會負責的。」店長出借自己的車，讓戴培渲和另一位正職店員跑一趟外送。

要提好幾大箱咖啡出去，戴培渲多少有點不悅，不過正好能夠擺脫坐滿鄰居的咖啡店，暫時放風一下。

去程路上他的手機響起，是前幾天預約的監視器業者，他們今天有個空檔可以過來，可是屋主必須在場。

「不好意思我現在不在，能不能晚上過來？」

業者一口拒絕，表示他們六點就下班了。

戴培渲感到苦惱，一時之間猶豫是不是要拜託林俊成。很多上班族本來就會拜託老鄰居收貨，給他屋子的密碼，讓他監工一下子應該不要緊？

雖然原本兩人並不親近，好歹也是上過床的關係。

戴培渲握著手機，思考了兩秒，「……那今天沒有辦法。謝謝，我們再約。」

「你不拜託鄰居幫你看一下嗎？」坐在駕駛座上的正職同事問道。

「我們不太熟。」戴培渲笑笑說道。

——正因為上過床，情況反而複雜了。有些男人反而會在上床後態度改變，有時是得手了就失去興趣，有時則是擔心責任變重，需要承諾。

換作以往，林俊成也許會禮貌性地幫他這個忙，可是發生關係後隔天這麼做，則像是開始外包家務給對方，在彼此試探時走了最差的一步棋。

戴培渲不後悔跟對方發生關係，卻沒有天真到認為喝了一次酒，做了一個晚上的愛，彼此就會變戀人。

他明白林俊成是基於現實的理由改變態度。對方昨晚知道他的家境優渥，不是基於金錢目的接近有錢鄰居。會決定出手的轉捩點，恐怕是林俊成得知了他是粉絲——男人將戴培渲這陣子突然親近自己，誤認為是粉絲認出了偶像。找到理由之後，林俊成才對他放下戒備。

※

「培渲，你在這裡等吧。我借到推車了！」

和正職同事搬了一趟咖啡進會場，戴培渲慘白的臉色引起展覽空間的招待人員注意，主動幫他們跟場地方借了推車。

戴培渲和同事一起將剩下的咖啡放到推車上，等待同事再跑一趟時，他坐在會場外的長椅上休息。

這個藝文空間是由好幾個展覽場地組成，戶外的步道與空地行車禁止進入，廣場還有一些小攤商與店家。

前方空地正在搭建簡易舞臺，海報上印著像是音樂祭名單的出演人員簡介。戴培渲定睛一看，發現居然不是演唱會，而是戶外的 Live Podcast 活動。

連續五天有十組 Podcaster 會在這個空間舉行室外演出，聽眾會特地到這裡席地而坐，聽臺上的 Podcaster 說話。戴培渲知道有不少這類型的活動，主持人都會在節目中宣傳，並在事後把當天的音檔剪輯上傳到自己的頻道上。

戴培渲是第一次看到現場，感到有點新奇。林俊成從來不曾接過這種活動，就連頒獎典禮都不出席。

出演名單裡只有四組是他知道的主持人，其中有一組就是諾阿姆和家綺，他們是人氣 Podcaster，被安排在人潮最多的星期六熱門時段。

——截至目前為止，戴培渲最懷疑這對情侶檔。

謝家綺曾經喜歡過林俊成，可是人心是很複雜的。家綺在網路上最早開始遭到八卦議論與批評攻擊，也起因於 Lin。

三人時期的節目，事前資料都是林俊成或朱逸凡準備，謝家綺負責扮演聽眾的角色。他年紀比較小，教育程度、歷練和說話技巧與兩人都有落差，一開始常被批評。

戴培渲聽節目時也發現，許多知名作家的經典著作、基本的歷史地理，簡單的英文或是常識問題，家綺常常會擺出從未聽聞的態度，可是一聊到各種腥羶色的明星八卦卻又瞭若指掌，對於各種狗血八點檔劇更是如數家珍。

三個性格不同的人在一起相安無事倒還無所謂，Lin卻在節目剛走紅沒多久就退出了。

Lin當時在海外工作，諾阿姆是歸國子女，在兩個一聽就知道教育程度、家境條件都不錯的好朋友之間，插進來的家綺是諾阿姆在夜店認識的漂亮小男生，又是第三個加入節目的。一時之間，強烈的反彈聲量便集中火力攻擊當時才十九歲的家綺——**「諾阿姆是精蟲衝腦才會選擇留下他」**、**「無腦綠茶婊上位」**、**「聽到他的聲音就噁心」**，諸多難聽的言論灌入評論區，初期節目的死忠粉時常責怪他逼走了Lin。

戴培渲雖然出於私心不喜歡謝家綺，看到那些網路上的惡評還是忍不住皺眉。

客觀來說，其實家綺的口條反應很快，當初會選擇讓他加入的原因很明顯。他確實有一點才華，說話犀利風趣，換個平臺或合作搭檔，或許根本不會暴露出那些缺點。

近一兩年的節目，家綺已經逐漸能拿捏開玩笑的尺度，進步速度很快，可是當初的評價卻如影隨形，直到現在都還常被提起。

也許謝家綺來找林俊成，是為了要求他合作錄節目，兩人公開同臺，打破網路上揮之不去的不和謠言，維護自己的形象，減少惡評。

然而林俊成似乎是真的很不喜歡他，拆伙後五年來都沒有合作，顯然沒有答應過提案。

——這會構成買凶殺人的原因嗎？

戴培渲的許願池網站常常有被網路霸凌的使用者訴苦。即使當事人也很明白不要在意、不該理會網友言論，仍然有數不清的人們苦苦掙扎，為了惡毒的批評吃不下飯、惶惶不安，飽受焦慮與憂鬱所苦。

「……你不是那個店員嗎？」一個耳熟的聲音響起。

謝家綺本人站在不遠處，上下打量身穿咖啡店制服，一頭金髮還未洗掉的戴培渲。

「你好。」戴培渲立刻擺出笑臉打招呼，「我和同事來外送，你呢？」

理應反應很快的謝家綺盯著他看。聽到他的問題，第一時間顯露出狐疑的態度，掃了一眼戴培渲的制服，眼神裡寫著評價和疑惑，彷彿難以理解戴培渲為何敢用平輩的態度和自己說話，並且考慮著是否該紆尊降貴回話。

——難怪林俊成不喜歡你。戴培渲在心裡惡毒地想道。

「我來彩排看場地。」謝家綺看似坦白，卻完全沒有解釋自己的工作，簡短回答後就反問：「你和林俊成是什麼關係？」

戴培渲抬起眉，回以相同的評價目光和沉默。

原本在不遠處和工作人員講話的「諾阿姆」朱逸凡，像是發現這邊氣氛不對勁，連忙快步走了過來。

「不好意思，怎麼了嗎？」朱逸凡站到謝家綺身旁，看著戴培渲的臉一愣。謝家綺隨即轉身去抓男友的手腕，湊到耳邊說話，從怒氣沖沖的姿態一看就不像什麼好話。顯然他是會對他人無禮，卻完全無法接受他人對自己無禮的類型。

「咖啡店員？你不是俊成的鄰居嗎？」朱逸凡認出他來，露出熱情的笑臉，「我們在電梯裡見過幾次吧？原來昨天家綺說的店員是你，對街那家咖啡店是你開的？」

朱逸凡去林俊成新家玩時，很早就注意到對門住著一個像模特兒的漂亮青年，還慫恿過林俊成要不要試著追求一下。

「鄰居？你為什麼長得不太一樣？」謝家綺皺著眉頭盯著他看，「你整形了？」

戴培渲深吸了一口氣，考慮是不是要搧他一個耳光。

像謝家綺這種會明確表露階級差異的性格，如果已經表現出評估身價的態度，還好聲好氣想和他打好關係，只會被劃分為下人，要進階到朋友就比較困難了。打一架再握手言和，對方搞不好反倒會認為不打不相識……畢竟有些人就是沒辦法好好說人話，認為沒禮貌就是真性情啊。

「是染頭髮了吧？非常適合你。」似乎辨識出戴培渲眼裡的攻擊意圖，朱逸凡乾笑著將謝家綺往後拉，「對不起，他遇到漂亮的男生都比較刻薄。」

聽到男友稱讚戴培渲，謝家綺臉色變得更難看，假裝沒看到朱逸凡要他道歉的示意，高高仰起頭來，「原來只是鄰居啊，我還以為是什麼重要對象呢，白白浪費我時間。」

「是砲友哦。」戴培渲語氣平常。

一時之間，拉拉扯扯的情侶檔動作一頓，不約而同看向他。

「你剛才問我和林俊成是什麼關係。」戴培渲好心提醒，「我們是鄰居，也會上床。」

空氣頓時陷入安靜。朱逸凡目瞪口呆，謝家綺則微微睜大雙眼，表情顯得僵硬。

謝家綺很清楚戴培渲的坦白是種挑釁，所以反射性地不願意表露出情緒。反倒是一旁的男友顯得尷尬，在這場莫名的較勁中無所適從，擔心做出不恰當的反應會表現得不夠紳士。

「……原來是肉體關係，反正只是床伴，也沒什麼。」謝家綺冷哼，「自從他的前男友自殺，他就不再和人認真交往了，你也只能得到這種身分。」

「謝家綺。」總是滿臉笑容的朱逸凡沉下臉，低聲警告道。

看到男友動怒的眼神，本來一副天不怕地不怕模樣的謝家綺瞬間有點畏縮。

「他的前男友是怎麼回事？」戴培渲追問。

本來期待眼前的漂亮青年表露出一點被打擊的模樣，結果對方反而眼神發亮的追問，謝家綺張了張口，難得啞口無言。

「對不起，這不應該我們來提，是他以前在國外工作的同事。」朱逸凡滿臉歉意，「不過這是三年前的事了，希望你別太放在心上。」

「培渲？」正職同事從場館走出來，已經送完咖啡並歸還了推車。

「那我先告辭了。別在意，跟你們聊天很開心。」戴培渲微微頷首，面帶笑意說道。

※

回到店內，迎接他們的是洗碗槽裡堆積如山的內用杯盤。這天戴培渲做的是打烊班，等到做完清潔和消毒，關上店門走出咖啡店時，已經是晚上九點。

他邊走邊瀏覽好幾個小時沒有看的手機，許願池網站一如往常湧進大量訴苦訊息，私人用的通訊軟體則是一片安靜。

身為獨居的社會人士，戴培渲平時除了表哥王謙霖之外，沒有固定往來的對象。最近新加好友的林俊成，訊息停留在下午兩點十三分，那時戴培渲在車上傳訊息告訴對方今晚的巡邏取消，而對方很快地回了：**「了解。」**

在那之後，聊天室就一直停留在那兩個字。林俊成沒有主動再度詢問他的身體狀況，也沒有改約時間，或是在這一整天之中開啟別的話題。

戴培渲穿過社區中庭，走進公寓大樓，在電梯裡疲憊地闔上雙眼。熬夜飲酒縱欲後去打工，身體有點吃不消。

電梯來到頂層，戴培渲自動導航般的走向自家大門，要進門前，瞄了一眼大門深鎖的另一戶。

昨天只是各種機緣巧合之下造就的夜晚，今天只是個尋常的平日，他沒有任何理由打擾對方。兩人一句話都不說地結束一天，才是平日的光景。

戴培渲回到自家公寓，透過藍芽連接音響播放 Podcast 節目，匆匆洗了澡，連晚餐都沒有力氣吃，便躺到床上用起手機。

三年前林俊成在前前一家公司上班，在那裡只待了十一個月。那是間大型跨國企業，美國總部本來就是知名的競爭激烈，流動率很高，網路上就能找到不少勞資糾紛與面試情報分享。

那間公司時常以天價高薪和福利挖角專業人士，每季的績效壓力卻設立極高的門檻。有許多員工風風光光入職，卻不到幾個月就被資遣，離職還是當天通知，一早就派遣公司保全跟著，要求他們當場收拾東西走人。

即使網路上有不少搞壞身體、自尊心重創的悲慘個案分享，那間企業營造出來的成功人士形象還是令許多求職者嚮往，很多應屆畢業生都以能在那間公司撐一年為目標。

從報告中林俊成的履歷看來，他似乎是自願離職。戴培渲瀏覽好幾個當地的網站，從一個八卦小報網站發現了篇聳動的新聞，差不多正好是林俊成離職的幾個月前，他的部門有好幾位同仁自殺。

※

一大清早，戴培渲迷迷糊糊地醒來，他的雙腿掛在床外，就連棉被都沒有蓋上。昨晚十點多滑著手機，不知不覺就直接睡著了。

戴培渲這天是休假日，本來想要回一些許願池的訊息、發幾封信請人調查林俊成任職過公司的連環自殺案，便回去舒舒服服睡個回籠覺，度過懶散的一天。自從接到殺人委託後，他很久沒有好好放過假，每天都是身心緊繃的狀態。

然而倒回去躺了十秒鐘，他又感到心神不寧。戴培渲看了眼時鐘，這個時間換好衣服出門，正好可以遇上林俊成去健身房。

要是上了床後恰好遲遲沒碰面，也會讓關係變得尷尬。戴培渲嘆了口氣，認命地起床梳洗。

換上適合的運動服，戴培渲推開自家大門。來到走廊上時，視線餘光看見了暗沉的紅色。

他頓了一下，視線朝向林俊成的家門口看去，只見深色大門的密碼鎖鍵盤、把手，以及門外的地板上，滴滴答答沾染著血跡。

耳邊彷彿隱約傳來了驚恐的尖叫聲，戴培渲的大腦陷入一片空白。

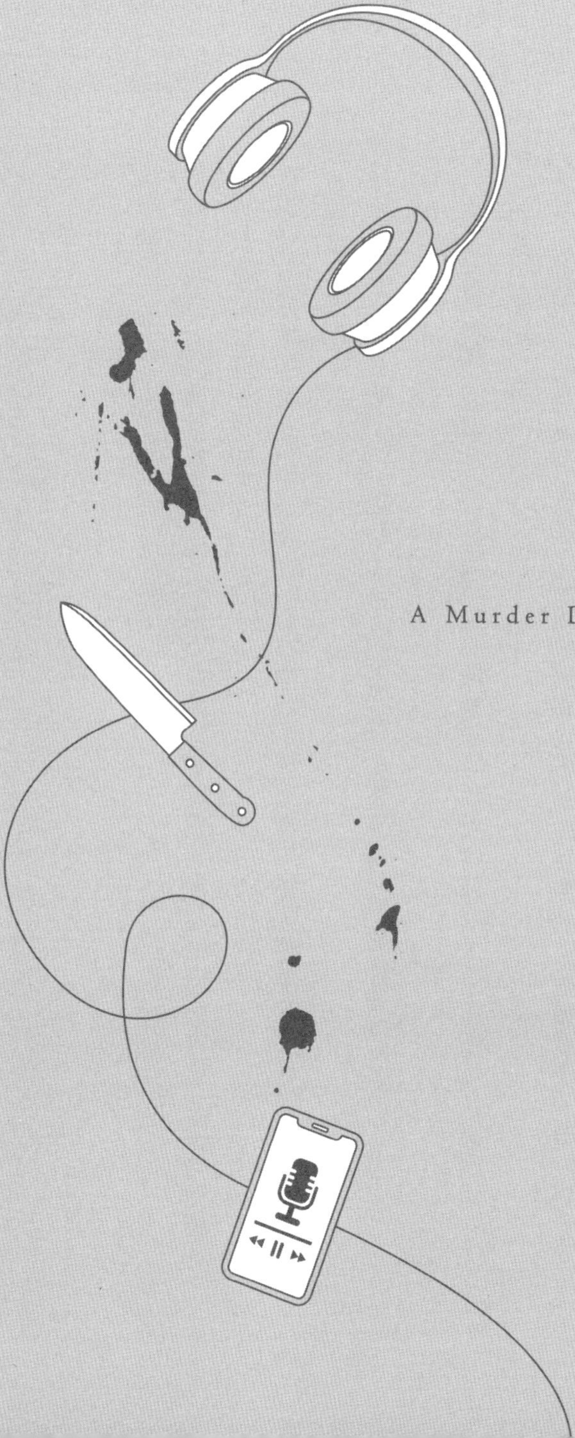

A Murder Deal for the Admirer

第八章

「喀嚓。」

那道染血的大門傳來解鎖聲響，由內而外緩緩打開。戴培渲回過神來，看著門板一時間沒有完全打開，停頓了好一會。

他全神戒備地盯著擋在門後的身影，掏出手機準備報警，結果就看見穿著運動服的林俊成踏出家門。

林俊成皺眉看著地上的血跡，一抬起頭就看見戴培渲凶狠地瞪著自己。

整個走廊陷入安靜。

「……這是怎麼回事？」林俊成小心地避開了地上的汙漬，手指卻不慎碰到沾在門板的腥臭液體，「這是真血？」

漂亮的青年好一會沒有應聲，站在原地動也不動。林俊成又抬頭看了一眼，只見他看似變得面無表情，臉色卻十分蒼白，望著自己的眼神像是看到鬼，沒有了剛剛的那股怒氣。

「要叫警衛上來嗎？」視線對上後，戴培渲這才快步走過來，以就事論事的態度說道，蹙眉觀察著塗滿血跡的門口。

——看來不是因為上了床後就沒連絡而生氣。林俊成分心觀察著青年，很在意對方慘白的臉色。

「嚇到了嗎？」林俊成輕聲問道。

猝不及防聽到壓低聲音的溫柔聲線，戴培渲起了雞皮疙瘩，抬頭狠瞪了他一眼，「我剛以為隔壁發生命案了。」

林俊成笑了起來，想要伸手摸摸戴培渲那頭又變回焦糖色的柔軟短髮，又想到手上有髒汙而打住。

正想邀請戴培渲進屋時，兩人都聽到了隱約的嘈雜聲。是從打開逃生門的樓梯方向傳來的，樓下似乎湧進了一群人，大聲討論著什麼，聲音相當驚惶。

「我剛才好像有聽到尖叫聲。」

他們從樓梯往下走。騷動來自於正下方的十五樓，幾名管理員和警衛神情緊張，還有幾位聞聲趕來的鄰居安慰著花容失色的年輕太太。

那個渾身發抖，臉上掛著淚痕的年輕太太，正是前天在居民會議出聲質疑戴培渲的鄰居。

她家門口鞋櫃架設的監視器上，掛著一隻形狀殘破的貓屍體。

※

日常的健身房行程取消，林俊成和鄰居年輕太太報警蒐證，跑完了流程後，因為犯人不見蹤影，警察只說了會再調查，要住戶們留意出入安全。

林俊成和戴培渲婉拒了主委太太舉辦的安撫早餐會，兩人從一早就開始爬樓梯，檢視各樓的監視器死角。

「一隻貓能流那麼多血嗎？」戴培渲不想想像那種畫面，可是還是忍不住開口。

「等化驗結果吧。」林俊成反而比較冷靜。早上蒐證結束後，他多給了大樓的清潔工幾千塊的紅包，託人清理自家大門口。

兩人不約而同沒有提起為何是這兩戶受害，那位鄰居太太可能只是單純運氣不好，被拿來當作威嚇的工具。

——戴培渲曾公開在居民會議中提出要加裝家用監視器。

「有什麼人會來你家門口潑血，你有頭緒嗎？」機會難得，戴培渲直接詢問本人。

「我離群索居，共事過的同事們都在海的另一頭，在國內沒認識什麼人。」林俊成想了想，回頭看向走在身後兩三步的漂亮青年，「就連 Podcast 工作，現實生活裡只有遇過你一個聽眾，最近也只和你接觸過。」

「……我不是犯人。」戴培渲翻了個白眼，默默爬過樓梯的拐角，從一樓來到六樓，他的腳步逐漸沉重，「說起來，謝家綺他們到底找你做什麼？」

即使沒有明說，這個問題像是直指他的前任搭檔們就是犯人。

戴培渲昨晚回到家後，連絡了徵信社調查朱逸凡。

直到昨天為止，朱逸凡在他的印象中都是開朗的好朋友。可是當戴培渲突然親口說出和林俊成上過床時，朱逸凡面露驚訝，立刻偏頭去看謝家綺的反應。

——那個眼神，朱逸凡知道謝家綺曾喜歡過林俊成。

林俊成一時沒有說話，走到七樓的轉角平臺時停下了腳步，靠在欄杆旁看著氣喘吁吁的戴培渲。

「謝家綺希望我回去做他們的節目。」

「為什麼？」戴培渲跟著停下腳步休息，幾乎是皺著臉反問。

換做以前，他可能會喜歡林俊成有機會多上節目，可是現在光是想像林俊成每週都要和謝家綺嘻嘻哈哈在節目上聊藝人八卦，就感到有點牴觸。

就頻道成績來說，是諾阿姆的節目受眾更廣，表面上更為風光，可是培養出來的娛樂節目取向粉絲，恐怕和林俊成現在的風格相去甚遠。

「很不適合我吧？」

林俊成笑了，抬手摸了摸他的臉。帶著薄繭的手帶來細微的搔癢感，戴培渲無法克制地震顫，一時兩人都有些分心。

「他不是為了分享成果，而是想退出朱逸凡的節目。」

戴培渲眨了眨眼，隨即反應過來，「他不想做 Podcaster 了？」

如今家綺成功在其他平臺上也有數十萬粉絲，IG 上的照片早沒有了諾阿姆的身影，都是到處出席各種活動、享受美食的自拍照，也有個人接到的業配與團購，已經能靠著網紅身分賺錢。

「……為什麼不直接讓諾阿姆找新搭檔？」

「他會嫉妒。朱逸凡是雙性戀，和他在一起之前有過很多情人。而且找我回去，是最能順理成章讓他從節目畢業的方式。」林俊成平靜地說道：「他擔心一旦拆夥，現在累積起來的大批聽眾都會認為他是叛徒，變成黑粉，所以想用傷害程度最小的方式離去——讓諾阿姆和老搭檔重新合作。」

如果現在的聽眾無法接受，砲火也會集中在 Lin 這個老搭檔身上，替他轉移焦點。

「朱逸凡認為只要準備文本、剪輯音檔和接洽廠商都由他來做，我能身兼兩個節目。可是他的節目已經為了謝家綺調整過方向，我不認為還適合回去。」

戴培渲這才了解為何朱逸凡節目初期主題大多是書本、人文科學應用知識以及投資理財規劃，到了後期節目列表幾乎清一色是影集和綜藝節目以及名人時事討論。

「換了方向後他們變得更受歡迎，也賺了不少錢，同志情侶的身分也吸引很多支持者，他們一旦分開，對於事業會有很大的影響。」

「……就算如此，和你也沒關係吧？」戴培渲最近看了很多 Podcast 經營的討論，知道這種決策會替林俊成引來多少黑粉。

「可是朱逸凡很遷就他，連工作的重要決策也願意為了他妥協。他們交往後，我們疏遠許多，最近一年才慢慢有連絡。」

即使林俊成沒有明說，恐怕是朱逸凡知道謝家綺喜歡的對象是自己好友，才會在謝家綺追求未果後心懷芥蒂，和林俊成保持了距離。

「而你不想回去蹚這淌渾水，才會一直冷處理。」戴培渲滿臉同情。

「他昨天在你工作時打擾你了？」林俊成問道，眼底卻浮現一絲興味盎然，「我聽說你說我們是砲友。」

戴培渲面不改色地反問：「不然你想和我交往嗎？」

一時之間，樓梯間陷入安靜。

林俊成似乎有點訝異他會直球反問，端詳著戴培渲的神色，像在判斷是不是認真的。

這種冷靜的應對本身就是一種答案。

「我們多認識彼此一點，再來決定也不遲。」最後，林俊成看著他的眼睛說道。

戴培渲轉開了視線，默默點了個頭。他其實只是隨口一問，就算林俊成願意和他交往，他也不敢和一個隨時都可能被殺掉的人認真。

※

「我們先午休吧。今天也還沒吃東西。」真的一路爬回十六樓，林俊成看起來仍相當輕鬆，看了眼手機，「你餓了嗎？」

戴培渲正要開口說話時，十六樓的電梯門開啟，一名頭戴安全帽的男子快步走出電梯。

看著突然出現在他們私有樓層的陌生男子，戴培渲霎時僵住步伐。林俊成則顯得不以為意，還主動走向安全帽男。

「您的餐點，謝謝。」外送員將餐點交給林俊成，便頭也不回地衝回還未關上的電梯，迅速退場。

林俊成提著餐點回過頭，正準備告訴戴培渲他點了兩人份，就看到漂亮青年臉色鐵青。

「現在門禁這麼嚴格，為什麼外送員能上樓？」

「他們抵押證件，還是能出入吧。」

「身分證件這麼容易偽造，只要有心任何人都能弄到假的，誰知道他是不是真的外送員？」戴培渲口氣很糟，「管理員居然沒有擋人，也沒事先跟你確認不是嗎？」

「只是個外送。」林俊成揚眉，戴培渲的口吻彷彿主委太太在責罵社區的工作人員。

「……今天才出現死貓和血跡，別吃陌生人送來的食物吧？」戴培渲試著提議，

「我們可以出去吃。」

「抱歉，我晚一點還有工作。」林俊成的語氣變得很有禮貌，透著疏離感，似乎不太高興戴培渲試著干涉他。

氣氛頓時有點僵硬，林俊成當著戴培渲的面關上大門，沒有邀請他進屋。

※

戴培渲知道交換立場，如果有人要丟掉自己剛到手的外送食物，也會感到非常不高興，尤其林俊成似乎有準備他的份，卻迎頭被潑了冷水。

可是一想到對方感到厭煩的冰冷眼神，戴培渲還是有點生氣。

下午他下樓找管理員，提議禁止外送員上樓。雖然管理員和祕書們都盡可能保持禮貌，看著他的表情也像是覺得他在找麻煩。

社區內的氣氛很糟，一樓三三兩兩聚著閒聊的鄰居，對於有住戶玄關出現死貓的消息人心惶惶。

年輕太太家的監視器沒有拍到犯人，對方似乎相當擅於躲藏在死角行動，僅從畫面邊緣看到影子，是男性的身影。

儘管這像是對戴培渲的警告，這天下午他還是連繫了業者在家門口加裝監視器，有一支直接對著通往林俊成家的必經路線。

和林俊成的通訊軟體依舊是一片安靜。

他們像是陷入了冷戰，可是戴培渲又覺得好像和往常沒什麼不同。

「我裝好監視器了。」

傍晚，戴培渲還是忍不住傳了訊息。

他總該確認一下對方是不是被毒死了。

訊息很快就被已讀，**「了解。」**

收到訊息，戴培渲莫名感到有點開心，林俊成總是很快就看他的訊息。然而隨即又想到，文字訊息可以造假，如果有人闖入林俊成家，也能利用回傳訊息來假造不在場證明的時間差。

「我們可以講一下電話嗎？」

戴培渲改傳語音訊息，暗示對方想要聽到聲音。

這一次，已讀後過了好一會才傳來回覆。是一條只有不到五秒鐘的語音訊息。

「早點休息。」

對方委婉地拒絕了講電話的邀請。

※

戴培渲知道交往的提議改變了某種局勢，林俊成似乎想要跟他拉開距離。隔天早上去健身時，男人僅只是禮貌地點頭，又回到之前那種疏離模式。

前男友的事沒有機會詢問本人，戴培渲又跑了一趟藝文空間，去聽諾阿姆和家綺的現場 Live Podcast。場面十分熱鬧，竟然有超過上百位聽眾特地前來，不得不管制人流。

晴朗的下午豔陽高照，聽眾們撐著陽傘忠實地待在原地。這對公開情侶完全不像是有拆伙徵兆，兩人一搭一唱地閒聊，顯然已經十分習慣公開演出。

演出的中場休息時間，大批想要和偶像說話的粉絲團團將他們包圍，戴培渲在表演場地附近聽到幾個他們的親友聊天，說晚一點一行人要開車去海邊的餐廳聚餐慶功。

那個店址沒有車的戴培渲不方便跟，就算能臨時包車，砲友在海港邊突然冒出來詢問林俊成的前男友詳情，只會讓朱逸凡認定他是個瘋子，不會透露半點訊息。

戴培渲發現沒有機會接近這對名人情侶檔，便提早離開會場。

他其實也不怎麼抱期待，前男友的事情等待專業人士的報告也會更詳盡，還能取得公司方面的消息。

手機傳來震動，是邀請進入聊天室的訊息。

委託人連絡的間隔變短了。

戴培渲立刻點擊登入，想知道委託人是不是找了其他惡質業者，傷害一隻流浪貓來血祭，畫面上卻出現短短一行字。

「委託中止。」

「為什麼？」

「反正你也不是真心想要動手吧，已經給你很多時間了。」

被戳破了刻意拖延的藉口，戴培渲霎時僵住，正想要說服讓自己繼續負責，對方又傳來訊息。

「以後如果有需要再連繫你。」

「等等，那三十萬我要退到哪裡？」

如果能拿到戶頭，說不定能夠追查委託人身分。

「你留著吧。」

委託人沒有上鉤，直接退出了聊天室。

※

戴培渲一回到社區，樓下管理員像是等待多時，立刻跑過來，顯然不再覺得他反應過度。

林俊成的公寓被人闖入了。

大門密碼鎖直接被用工具破壞，屋裡被弄得一團混亂，酒櫃裡的酒瓶全被摔破，酒水撒在沙發和地毯上。

「財務方面沒什麼損失，但家具和錄音間損壞嚴重。」看到滿臉驚慌的戴培渲在門口張望，正在屋內走來走去的林俊成說道。

他身上還穿著慢跑服，事發時間是他固定去慢跑的下午時段。

白天是小偷常常造訪的時間點，因為住戶通常都不在家，可是挑星期六出沒卻很不尋常。

「人沒事就好。」戴培渲脫口而出。

林俊成有點訝異地看了一眼，走過來將他抱進懷裡，戴培渲這才發現自己看起來似乎非常恐慌。

「我沒事，不用擔心。」林俊成輕輕撫摸他的背，「你昨天的顧慮沒錯，我的態度很不好，對不起。一個人生活太久，還不太習慣和他人配合。」

戴培渲默默搖了搖頭。

「那個，戴先生家的監視器……」跟在後頭上來的管理員尷尬地出聲。

放在戴培渲家鞋櫃上的家用監視器居然毫髮無損，也許有拍到犯人。

戴培渲拿出手機。設有即時連線功能的監視器能直接透過網路查看，他找到今天的檔案，往前調轉了一個鐘頭。

林俊成和管理員湊在兩旁，看著戴培渲一點一點反覆調整時間，空無一人的走廊上出現林俊成出門的身影。

過了幾分鐘，戴著小丑面具的臉猝不及防出現在鏡頭前，占據整個畫面的特寫鏡頭讓管理員嚇得倒抽一口氣。

小丑男穿著肥胖的道具服，看起來衣服裡塞著東西，身形看起來不怎麼自然。他朝著鏡頭揮了揮手，緩緩往後退，露出了另一隻手上拿著的斧頭。

畫面既詭異又毛骨悚然，充滿著純粹的惡意。只見小丑倒退走了好幾步，直到鏡頭拍不到的位置，才轉身走向林俊成家大門。

透過地面上的影子，能看到他揮動著斧頭，狂砍林俊成家的大門。

看著監視器拍到的畫面，好一陣子沒有人出聲。這已經超越了入室行竊的範疇，有個瘋子光天化日之下公然闖入民宅。

※

「抱歉，讓你也待到這麼晚。」

從警局出來時，天色已經徹底黑了。

這一次的犯案程度升級，警方態度也更為嚴謹，報警之後，他們到警局做了詳細筆錄。

過程中，提供監視器畫面的戴培渲非常猶豫，是否要將有人委託殺害林俊成的情報說出來。可是他是接受委託的一方，在完全沒有其他嫌疑犯的情況下，坦白只會讓住在隔壁又收穫鉅款的自己惹上大麻煩。

「我們去住飯店吧，我剛才訂好房間了。」林俊成用手機叫了車，一邊說道。

戴培渲訝異地睜大眼睛，「我們？」

「我家那種情況，暫時沒辦法住了。」林俊成看了他一眼，微微挑起眉，「有拿斧頭的傢伙在家門口揮手打招呼，你還敢回家睡？」

看到林俊成眼中的懷疑，戴培渲頓時有點尷尬。

這次闖入屋內的情況和前幾起竊盜案不同，之前門鎖從沒有被暴力破壞，這次直接用斧頭砍壞門，仇恨犯罪的意圖非常明顯。

戴培渲知道那是委託人找的另一位殺手，不會把自己當作目標，所以不怎麼擔心自身安危。

——然而，小丑對著鏡頭挑釁的畫面，究竟是拍給林俊成看的，還是他這個明明就住在隔壁，卻遲遲沒有下手的騙子？

委託人說不定就是發現了他的真實身分，才決定停止委託。

「走吧，你的房間錢我會負責。謝謝你提供監視器畫面和寶貴的時間。」林俊成抬手摸了摸戴培渲的頭，似乎以為他是嚇呆才變得安靜。

戴培渲抬起頭來，「……我們要分開睡嗎？」

既然都要在外面住一晚，他不想浪費時間。

林俊成看著他的眼睛，沉默半晌，「我可以把一間房間退掉。」

※

戴培渲並不是出於這種目的才提出要一起睡，不過聽在男人耳裡，似乎變成一種暗示。

一進房間，林俊成就將他壓在門上親吻。戴培渲認為能夠透過親密行為加深信任感也不壞，便任由男人將他拉上床，汗水淋漓地進行了肉體交流。

「今天的事，看起來不像竊案。」完事後，疲軟地趴在浴缸邊緣泡澡，戴培渲終於忍不住說道。

林俊成靠坐在浴缸裡，一隻手放在戴培渲赤裸的背上，事不關己似的同意，「怎麼看都像尋仇。」

兩人陷入短暫沉默。沒有人提起如果當時林俊成在家，又或者作息並不固定的戴培渲恰好撞見，碰上那個拿著斧頭的小丑會發生什麼事。

「你最近都要住在飯店嗎？」

「我在市區還有幾間房子，可以搬去其他地方。」

戴培渲陷入沉默，他差點忘記林俊成是家境好，本身也非常會賺錢的那種菁英人士。

要是林俊成搬去其他地方，他們的生活圈就會斷了交集。

「你呢？當初怎麼會用遺產買下那間公寓？」

林俊成是看中生活機能，健身房、附近有大型公園，再加上大坪數的公寓能夠有獨立的書房和錄音室。不過他觀察戴培渲的生活過得很低調樸素，也不愛往戶外跑，一個人住進這種社區似乎沒有必要。

戴培渲愣了一下，才想起當初在居民會議上做出的解釋。

「其實這間公寓是父親用我的名字訂的預售屋。這個社區使用的幫浦系統是王謙霖他們家的，是王謙霖進入自家公司以來，親手洽談的首個大案子。我爸當初為了慶祝他出社會，捧場買了一戶，讓他在談案子時更順利。」

整理遺產清冊時，他才想起有這一戶豪宅。正好開始經營許願池，要做很容易引發糾紛、招致報復的危險工作，住在有十幾位保全二十四小時輪班的有錢人社區，應該能保障人身安全，才搬進這間公寓。

「怪不得他這麼照顧你。」林俊成說道。

「沒錯。」戴培渲噗哧一笑，「表哥是父親留下的保險。他們從以前就很擔心我沒辦法在社會上立足，留個貴一點的公寓給我也是，缺錢的話至少能夠賣掉有退路。」

這在華人社會很尋常，父母總是對於子女的出路有諸多期待和恐懼，即使念最好的學校、有最好的實習機會，在父母眼裡孩子仍舊是一無是處的幼兒，一路上貶低著子女的成就，擔憂他們未來無法自力謀生。

林俊成以前也見過不少被父母貼上許多標籤的朋友。在學校裡是表現優異卻又戰戰兢兢，自我價值感極其脆弱的一群孩子，進到了職場也特別容易被欺壓。

然而戴培渲的情況似乎不太一樣。

「你以前休學過？在學校裡和同學處不好？」

原本懶洋洋趴著的戴培渲頓時像見鬼了一樣，回頭看向他。

「你說過姊姊要你別當米蟲，這對大學生來說似乎是有點苛刻的評價。」

戴培渲頓時意會過來，自己曾提過家人是在大四那年離世。

「……你的記憶力真好。」戴培渲苦笑，「沒錯，我大學時曾當過繭居族，有天突然提不起勁去學校上課，食欲又很差，就真的沒去了，每天都關在房間裡睡覺。」

那時他肉眼可見的精神狀況不太好，瘦了好幾公斤，父母知道有哪裡不太對勁，也不敢強行逼迫他出門。

「我休息了一年，隱約感覺到父母做好養我一輩子的準備，聽到他們在規劃財務，想要替我存錢。畢竟我們家也有一點資產，有本錢這麼做，那也是我會投胎，不是嗎？反正又不是到處吸毒跑趴買跑車的紈褲子弟，只是躺在家裡而已。」戴培渲坐起身來，渾身赤裸地和林俊成面對面，「那時我聽到他們的規劃，想著這樣似乎也沒什麼不好。可是姊姊卻很堅持，說我既然好轉了，就要走出家門。」

「她很嚴格。」

「是啊。」戴培渲微笑了一下，漂亮的眼睛卻有些黯淡，「她認為我不能失去面對社會的能力，無論是要把學歷補完，還是去打工，一定要保持和社會的連結。就算最後我還是討厭人群也無所謂，起碼這是自己的選擇，而不是沒有選擇只能逃跑。」

後來戴培渲順利回到學校，完成了學業。雖然還是沒能過上世俗眼光的正常生活，起碼自理沒問題，至今也沒有再嚴重復發。

「能換我問問題嗎？」從浴室裡出來，林俊成幫他吹了頭髮。戴培渲乖乖坐在梳妝鏡前，從鏡子裡看著男人。

林俊成搓揉著他的髮絲，用眼神表達了不置可否。

「我聽謝家綺說，你自從前男友自殺之後，就不再談認真的感情了。」

「……他還真是什麼都說。」林俊成的眼裡透著濃濃的無奈。

「我看到網路上有新聞，菁英工程師連環自殺鬧得很大。」

戴培渲關注起他這段在海外工作的經歷，擔心同事們自殺其實有內情。

「新聞報得太聳動了，說得像有連鎖詛咒在奪命。」林俊成淡淡說道。「在那種高壓環境裡，長時間的精神壓力和睡眠不足都會影響健康和判斷力。在美國失去工作等於失去健保，身體出狀況更需要保有工作。當周圍有人用這種方式結束生命，被逼到極限的人就會認為這是一種選擇。」

聽起來新聞沒有誇大，一間公司在短短一年內就有四、五個人過世並不正常。

林俊成關掉吹風機，親暱地用手指幫他順了順頭髮，勾起嘴角，「我這輩子見過最聰明的一群人，也是過得最糟糕的一群人。既聰明又善良的那幾個，都十分短命。」

聞言，戴培渲面露愣怔。

家人們出車禍過世時，他也常常聽到類似的言論。

——被寵壞的小兒子活下來了，認真優秀的姊姊卻英年早逝。

「這件事確實影響了我的價值觀，我花了很多時間培養專業，後來卻決定提早退休。當時有些同事和主管不諒解，可是他們脫離那個環境後，也向我道歉，還有收到主管寄來的聖誕卡片。」

林俊成摸了摸他的頭髮，似乎誤以為他的沉默是出於同情，「還有，那個人不是前男友，是和我感情很好的室友兼同事，當時朱逸凡以為我們在一起。」

戴培渲這才回過神來，仰頭看向站在身後的男人。

即使不是戀人，關係如此親近的對象驟逝，仍會造成極大的衝擊。

「事發前兩天，他曾問過我要不要去喝酒，但我當時很累，比起特地開車出去，只想多睡幾個小時。」林俊成說道。「本來想著等到週末再陪他出去，可是到星期四，他就沒有回來了。」

戴培渲環抱住男人的腰，猶豫地開口：「你有做過心理諮商嗎？」

比起隨意開口說出「不是你的錯」，他認為林俊成比較喜歡理性的陪伴。

「辦公室的同事們都做過，效果似乎不怎麼樣。」林俊成隨口說了可怕的玩笑話。「我當然不會認為是自己的責任。只不過和諮商師談話時，反而發現他為什麼多等了一天，等到快要接近週末卻差一天的日子。他不希望我記得他自殺的前一天，我拒絕出門喝酒。」

即使痛苦到決定走上絕路，最後仍惦記著朋友，不希望友人感受到罪惡感。

戴培渲看過那個年輕室友的照片，從未見過本人，卻能想像是個很溫柔的人。

「你不願意有穩定關係，和這件事有關嗎？」戴培渲問道。

「也許有影響。」林俊成微垂下視線，手指撫過戴培渲穿著的浴袍領口，一路向下撫摸他的背，「要是每天見到的人突然出意外，我會難過的。」

戴培渲原以為男人是在調情，可是林俊成手指最終停留的位置，是他側腰上的疤。

「……之前被騎太快的機車在小巷子擦撞到。」

雖然那個騎士是真心要撞他沒錯。因為戴培渲拍到他偷打女友小孩的證據照片，那個男的全靠女友賺錢養。

林俊成從來沒問過他身上大大小小的傷疤是從哪來的，這是第一次意有所指似的表達了關注。

「我以後會小心一點。」戴培渲承諾道。「不會突然死掉的。」

林俊成的眼底浮現笑意，俯下身褒獎地吻了他的唇一下。放在側腰上的手略為施力，輕輕鬆鬆地將他整個人抱起來，朝著不遠處的大床走去。

……是調情沒錯。

「你說以前的主管寄聖誕卡片給你。」戴培渲抱著男人的脖子，在被拖上床前趕緊詢問本來的目的，「是最近出現在新聞上的那個人嗎？我看到有個要出來選紐約市長的企業高層，在那家公司待了很多年。」

如果是這種等級的幕後人士想要殺害林俊成，那戴培渲這樣沒有什麼背景只有一點小錢的自由業，最後能做的也只有提醒當事人了。

「沒錯，你調查得真詳細。」林俊成有點訝異，近距離看著被抱在懷裡的漂亮青年。

「搜尋公司名字時就出現了，是最近比較熱門的新聞吧。」戴培渲故作鎮定，同時也擔心起對方又會認為他干涉太多。

幸好林俊成似乎只覺得他認真讀了一堆英文新聞很有趣，看戴培渲這麼努力想知道自己的事情有點可愛，望著他的眼神興味盎然。

「他去年寫書時還有找我幫忙，我們偶爾會連絡。最近可能有政敵想拿當年的事攻擊他吧，不過以他的性格會做好萬全的準備。」

林俊成對那位主管的評價很高，而且交情似乎很不錯，對方還邀請他去家裡作客。

「我們可以停止討論別的男人了嗎？」背部碰到了柔軟的大床，林俊成跨在他身上，伸手摸了摸他的臉，勾起嘴角問道。

「當然可以。」戴培渲主動用臉頰去蹭對方的手，面露甜甜的笑容。

林俊成願意耐心跟他聊這麼多私事與感受，已經完全超過戴培渲的預期，他很樂意在床上給予對方熱情的回報。

※

深夜時分，林俊成坐在床頭邊，用手機處理著瑣事。

他訂了這間飯店最好的頂層套房，有臥室和起居室，可以到外面坐在沙發上，用客房服務叫來咖啡，在光線明亮的地方辦公。

然而有個柔軟溫暖的體溫靠在身旁，林俊成發現自己滿喜歡這個狀態。被折磨到疲憊不已的漂亮青年發出細微的呼吸聲，側身縮成一團熟睡著。

這似乎是壓力大會有的睡姿。林俊成不時看看戴培渲的睡臉，忍著用手撫摸的欲望，看那張嘴微微張開的模樣，總令他想放點什麼東西進去。

室內電話鈴聲響起，林俊成迅速接起電話，蹙起眉頭放低了聲音應聲。

「林先生您好，請問您是否有叫外送？」飯店櫃檯人員客氣詢問。

「沒有。」

「前臺有位先生想知道您和戴先生的房間號碼，說是要送東西上去。」櫃檯小姐的口吻透著困惑，「請等等……那位先生說是有人幫你們叫東西，怕你們餓到。」

林俊成反問：「那位先生外貌有什麼特徵？」

「這個——咦？請等一下……」櫃檯小姐的聲音忽遠忽近，過了一會又重新回答：「那個先生剛才突然朝外走去，不打一聲招呼就走了。他穿著防風外套和雨衣，還戴著帽子和口罩，看不太清楚臉。」

櫃檯小姐的聲音雖然盡可能保持專業，卻始終聽得出一絲茫然，顯然試著上樓的外送員讓她感到很不對勁，又不敢擅自隨意評論。

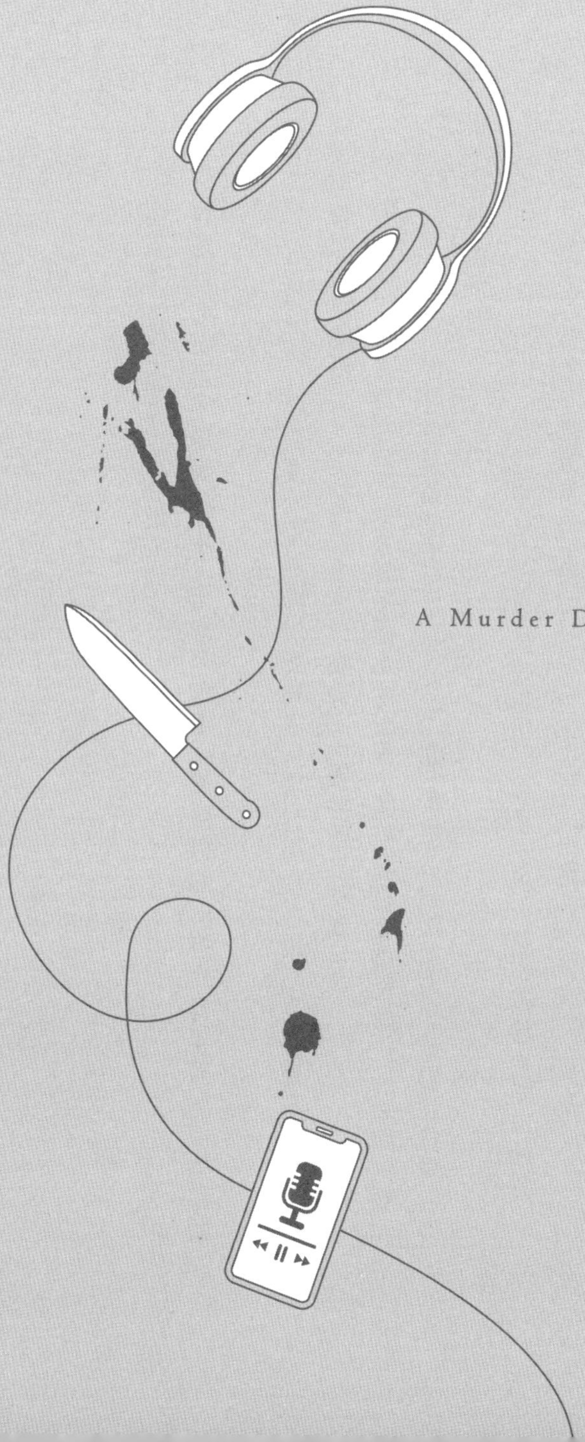

A Murder Deal for the Admirer

第九章

「你想多住幾天嗎？」林俊成問道。

坐在餐桌前吃著客房服務送上來的早午餐，滿臉倦容的漂亮青年狐疑地抬起頭來，「和你一起？」

「我可以再開一間房間。這裡的設施和客房服務隨便你用，也有遊戲機和電影院，都會記在我的帳上。」林俊成喝了口咖啡，「我要回去整理房子。」

「那我也一起回去。」戴培渲毫不猶豫地回答，結果發現餐桌對面一片安靜無聲。用刀叉吃了一塊鮭魚菠菜歐姆蛋，渾身痠痛的戴培渲抬起頭來，就看到林俊成意味深長地看著他。

「如果有我陪你，你就願意一直待在飯店房間裡？」男人不疾不徐地開口確認。

「……不行嗎？」戴培渲瞪了他一眼，「我也可以出錢。」

要是能把林俊成關起來，他也樂得輕鬆。

「聽起來很吸引人。」看著漂亮青年發紅的耳朵和死命撐著假裝鎮定的倔強表情，林俊成忍著笑意，盡可能保持禮儀地溫柔說道。

※

他們回到社區，一樓大廳變得比以往熱鬧，有幾個沒看過的警衛到處走動。原來是管委會看到了備份影片，嚇得緊急連絡新的保全公司派人來支援，在夜裡巡邏社區。

戴培渲樂見社區的保全措施越嚴格越好。在等待裝潢業者到來前，他陪林俊成一起收拾公寓。

看到被折成兩半的隔音板、摔在地上的麥克風，戴培渲比林俊成還要心疼。第一次看到每週聽的鯨落電臺錄製現場，竟然是這麼殘破的景象。

「咖啡機也摔壞了，你們店裡能外送嗎？」看著師傅們裝修新的大門和門鎖，林俊成想要買咖啡招待。

「我去買吧，這個時間沒什麼人手能外送。」戴培渲看了眼時間，決定自己跑一趟。

趁著外出獨處的時間，戴培渲講了幾通電話，回了幾封許願池的訊息。

從徵信社那裡得知，謝家綺走紅之前，有很多年生活開支完全仰賴朱逸凡。依謝家綺的消費習慣，常常出入高價位餐廳和在社群上炫耀時尚單品，也許現在還是如此。

朱逸凡因為迷戀他而心甘情願，每個月都替他繳幾十萬的卡費。

這在粉絲間也是心照不宣的八卦。偶有黑粉會在論壇上評論，家綺照片中出現的包包、飾品，都是以他的收入根本買不起的名牌。

然而實際跟那對情侶接觸後，戴培渲又覺得不太對勁。

謝家綺很在意戴培渲。

如果長年被老粉絲比較，因為林俊成而有很多黑粉，都想殺這個人了，還會在意對方身邊多了個曖昧對象嗎？

反倒是朱逸凡，雖然對戴培渲很有禮貌，心力其實都在小男友身上。聽到戴培渲突然表示自己是林俊成砲友時，他第一時間是偏頭去觀察謝家綺的反應。

戴培渲雙手提著六杯冰咖啡，邊走邊陷入沉思，導致有人從旁邊接近時，竟然一時沒有察覺。

手臂冷不防被從後方拉住，「那、那個……」

他嚇了一跳，猛然回過頭時看到長裙裙襬，立刻止住反射性肘擊的衝動。

是那位年輕太太。對方提著手提包，也是外出回來的裝扮，一臉不安地看著他，「我們可以談談嗎？」

「我還要送東西上樓。」戴培渲舉起雙手提著的咖啡示意。

「啊，不好意思……」年輕太太驚惶回應，眼底卻閃過一絲失落和難堪，顯然她知道這是個體貼的藉口，戴培渲並不想和她有更多接觸，「我只是想說，那天在居民會議那樣質疑你，我很抱歉。」

「沒什麼，我不在意。」戴培渲淡淡說道。

對方看起來欲言又止，卻低下頭沒再說話。

戴培渲輕嘆一口氣，這次多了一點笑容，眼神溫柔地說道：「我真的不介意。反正我不會加入媽媽社團，也不會有育兒壓力，社區對我的影響力沒那麼強。」

年輕太太微微睜大了眼睛，臉頰微紅地說道：「真的很抱歉……」

這位太太是小團體之中年紀最輕的，戴培渲不認為她接下這種角色情有可原，不過對方沒有找藉口推說是受到主委太太指使，反倒讓他稍微有一點好感。

「你們家整理得還好嗎？」

「是、是的，已經請專門的寵物墓園業者帶走……」

兩人稍微隔了一點距離走進公寓大廳，往電梯方向走去。就在經過安全門時，戴培渲的眼角看到一抹白色，猛然頓住了步伐。

「不好意思。」戴培渲向慢了一拍停下步伐回頭的年輕太太說道：「可以麻煩幫我把咖啡拿上十六樓給師傅們嗎？我突然想到還有點事。」

運氣很好，一旁的電梯正巧開啟，裡面走出幾個住戶。年輕太太點了點頭，接過兩袋咖啡，便帶著些許疑惑的神情先進了電梯。

獨自一人留在電梯廳，戴培渲回過頭去。安全門基於消防原因始終是開著的，通往樓梯間的地板上，放著一隻藍色兔子娃娃。

戴培渲認得這種兔子。

在處理需要留有證據的案件時，常常會將這種兔子偽裝成禮物送給目標。最近才成功錄到某位上司在深夜加班時對女職員言語性騷擾的檔案。

那隻兔子的耳朵破損，露出一點棉花，所以戴培渲回收證據後，將格式化了內建錄音系統的兔子丟棄。

戴培渲走近幾步，看到掉在逃生門邊的那隻兔子右耳露出了一團棉花，確實是他淘汰的那隻。

兔子掉落的位置不遠處，還有塊薄薄的硬碟。

硬碟上頭還卡著許多白色粉末鹽晶，通往地下室的樓梯上三三兩兩散落了好幾塊，一看就是戴培渲不久前在浴缸處理的那一批。

樓梯間一片死寂，隱約只有樓上傳來動靜，可是距離很遠。戴培渲朝著樓下走去，理應被他丟棄的物品一路四散到地下一樓的臺階最底層。

才走到一半，身後突然出現動靜。戴著口罩與連身帽的男子猛然關上一樓逃生門，快步朝他衝了過來——

※

電梯門在地下一樓開啟，林俊成一步出電梯，立刻聽見樓梯間傳來了扭打聲。

他和同行的保全人員互看一眼，朝著騷動來源跑去。結果看見一名身穿黑色防風外套的高瘦男子從後頭環抱著漂亮青年，一把刀架在戴培渲脖子上，兩人緊緊糾纏在一起。

林俊成心跳漏了一拍。與此同時，高瘦男子因為突然冒出其他人而慌張抬起頭。戴培渲把握瞬間的空隙用手抓住刀子，回身將高瘦男子撞開，一拉開距離便毫不留情地將對方踹下階梯。

看著突然滾下樓的歹徒，就連經驗豐富的保全人員都面露震驚。一樓逃生門也在這時打開，從監視器發覺異常的其他保全趕過來支援，一同制伏了神情痛苦的高瘦男人。

除了摔下樓梯造成的挫傷外，陌生男子臉上和身上似乎本來就挨了不少攻擊，痛得連連哀號。

林俊成面色陰沉地快步走上臺階。整潔乾淨的白色階梯上落著點點腥紅，直接用手抓住刀刃的戴培渲也掛了彩。

「怎麼回事？」林俊成拿出手帕按住他的傷口，低聲問道。

比起戴培渲英勇地單獨反殺歹徒，顯然更生氣他獨自面對危險。

戴培渲疼得發出「嘶」聲，臉上表情卻像是習以為常，「你呢？怎麼會下樓？」

「十分鐘前拍到那個男人行跡詭異，在樓梯間徘徊丟東西。」

「……是等著我回來，在撒餌嗎？」戴培渲一臉莫名。雖然看到物品時就知道不對勁，可是他無法理解，「為什麼是我？」

林俊成牢牢抓著他還在滲血的手掌，冷冷地掃了眼倒地的歹徒，「我們會找出原因的，先去醫院吧。」

戴培渲又看了幾眼騷動的中心，這時發現樓下保全他一個也不認識，反倒是被摘下了口罩的男子有點眼熟。

※

割傷比預期中嚴重，戴培渲的手掌縫了好幾針，還做了其他傷口的檢查與包紮。林俊成全程陪在身旁，不時用手機連絡，掌握著公寓裡的情況。

「那些保全是你自費的？可以這樣嗎？」戴培渲訝異地問道。

「看到有歹徒拿斧頭砍壞大門闖進公寓的影片，不會有住戶反對多一點人力。」

戴培渲坐在診療床上，神情複雜地聽著消息。

「那個男人昨晚也來飯店了。」

林俊成讓他看一段監視器畫面。一看就是飯店走廊的場景，有個男人逗留在鋪著酒紅色地毯的長廊，在一扇扇門邊詭異地徘徊。

「他試著裝作外送員沒有成功，後來又在深夜混進飯店，成功闖進客房樓層。可是頂層套房需要經過特殊電梯進出，他沒有權限上樓。」

飯店負責服務他們的管家知道林俊成在留意陌生男子，在天亮之後將可疑畫面傳給他確認。

「為什麼不告訴我？」想到一早他們還在飯店房間裡悠閒吃早餐調情，戴培渲有點氣惱。

「我以為是針對我，不想讓你擔心受怕。」林俊成搖了搖頭，「一般情況下，就算知道有可疑人士跟過來也於事無補，沒想到他會立刻襲擊你。」

兩人陷入短暫沉默。

就連戴培渲也沒有想到，那個小丑男的目標居然是自己。

有點面熟的歹徒是咖啡店常客，同時也是隔壁棟春館的住戶，一個獨居的三十八歲男性。

那位先生以往自稱離過婚，現在是新創公司老闆，總是在咖啡店用電腦遠距離辦公，也會和其他鄰居討論股票投資，大家都認為他是個黃金單身漢。

然而一調查他的住處，卻發現外觀光鮮亮麗的豪宅裡，上百坪空間塞滿垃圾。其中最為引人注目的是有許多戴培渲的照片，從網路上下載其他客人偷拍的、他自己藉故在社區裡拍下的，用全彩印刷成實體海報貼在了客廳和臥室。

戴培渲忍著心理不適確認那片狼藉的室內照片，發現屋內許多垃圾都是他的東西，忍不住慶幸每次委託規劃筆記都用火燒掉，工具也有先處理過，外出時順道分批丟在公共空間的垃圾桶，不然那個變態跟蹤狂早早就會掌握一大堆他的把柄。

幸好小丑男的垃圾屋之中，屬於他的垃圾並不是太引人注目，因為在那間屋子裡找到了遭竊鄰居的勞力士，以及另一戶太太的珍珠首飾。

那位先生的公司早在一年前就倒閉，背上了巨額債務，才會在高利貸集團施壓之下，透露社區所有監視器位置以及保全漏洞，還出借自己的感應器放小偷進門。

這段時間以來，那位先生假裝有工作，大部分的時間都在偷窺戴培渲。

戴培渲無比慶幸之前幫同事代班，讓那位先生認為待在咖啡店裡就能見到他。要是跟著他去做許願池的工作，後果可不堪設想。

「可是他偷了這麼多地方，為什麼不偷我家，也沒有破壞我的門鎖？」戴培渲不解地問道。

「他翻過你丟棄的物品，知道你很重視隱私又很謹慎，要是發現屋子被闖入，很有可能直接搬家。」林俊成說道。

「……所以才去騷擾你啊。」戴培渲心情萬分複雜。

他為了保護林俊成，這段時間才這麼積極親近對方，結果沒有找到委託人，卻招來了個斧頭怪人。

在那位先生的家裡還發現了小丑面具與服裝，以及那把駭人的斧頭。

他在十六樓走廊角落偷偷裝設針孔攝影機，知道這陣子他們走得很近，看到戴培渲在林俊成家過夜後，終於氣得失去理智。

被警方扣留逮捕後，那位先生表明本來就清楚那段時間林俊成不在家，沒有傷人意圖，只是故意闖入搗亂，想逼林俊成搬家。

結果沒想到林俊成搬走時，竟然還將戴培渲一起帶走了。在警局外面偷窺的男人一路尾隨去飯店，卻依舊阻止不了他和戴培渲開房間。

今天下午保全和警方在公寓地下停車場找到一輛車，就停在樓梯間出口不遠處。那位先生原本似乎打算直接將戴培渲綁架帶離，將他囚禁到別處。

「給你添麻煩了，你家的裝修費我出吧。」戴培渲滿臉尷尬。

林俊成的心情明顯不佳，用手指托起了漂亮青年的下巴。戴培渲曲線優美的脖頸上有道小創口，現在用醫用紗布包紮起來。

「為什麼要做那麼危險的事？」

「我以為能抓好刀柄。」戴培渲小聲說道。他知道自己如此擅長實戰非常可疑，可是林俊成似乎將注意力放在他衝動行事上頭。

「賠償費用就用身體付吧。」林俊成一本正經地說道。「以後不准受傷。」

戴培渲眨了眨眼，只能苦笑著含糊以對。這個要求讓他感到困惑又為難，許願池的工作風險很高，不可能確保自己完好無暇，而且這種身體方面的要求似乎已經超越了砲友的界線。

※

之後一個月裡，戴培渲奇蹟地遵守了諾言。每次在林俊成的床上過夜時，都沒有讓他檢查到任何新傷口。

起初戴培渲是真的相當安分，在有傷的情況下也不敢做需要跟目標接觸的工作，僅挑一些能夠找社福單位支援、網路上找駭客幫忙駭入目標社群帳號就能夠解決的案件。

手傷快好時，戴培渲本來想挑難度不高的案件復工，假扮男友陪同受到上司強硬追求的女員工出席公司聚餐。結果在赴約前兩天委託人取消委託，她的上司突然被調派越南，倉促成行甚至無心跟她道別。

接下來要幫高齡八十多歲的老房東趕走積欠房租多時的酗酒房客，還沒開始事前調查，就突然接到房東孫子的連絡，酗酒房客似乎因為欠債問題遭到黑幫追殺，已經連夜搬走了。

隔天他去酒吧調查雇用未成年少女陪酒，人才剛到門口，就看到大批警察突襲臨檢。過了幾天收到少女父母的道謝訊息，酒吧勒令停業，女兒也已經平安回家。

畢竟不是所有人都會一口氣把私事和金錢丟給陌生人，每個月的重大案子其實並不多。委託接二連三莫名其妙取消或解決，讓戴培渲度過了一段清閒的日子。

他感到不太對勁，起初卻並未留意，手掌的傷口意外麻煩，嚴重影響到了日常起居。

那時戴培渲真的希望這是段運氣好的時期，也希望始終讓他一顆心懸著的殺人委託，委託人是出於某種機緣決定放棄謀殺林俊成，才會中止他這邊的委託。

※

「你要去應酬？」手拿著外帶杯漫步在公園步道，戴培渲有點意外。

「是認識很久的朋友，他自己出來創業做品牌，想找我談談合作。」

和負傷休息的戴培渲正好成反比，林俊成這陣子工作越來越忙碌，每集Podcast都有兩個以上的商業合作。不過戴培渲知道他大部分都是用信件連繫，鮮少與廠商碰面。

「談工作有必要喝酒嗎？」戴培渲不怎麼放心，話說出口時，又覺得聽起來莫名像是會管丈夫的妻子。

他默默地撇下嘴角，抬起手裡的外帶杯看了看，又抬眼故作委屈地看向男人。林俊成這陣子別說是酒，說是不利於傷口復原，總盯著不讓他喝茶跟咖啡，外帶杯裡是無咖啡因的花草茶。

「我會注意別喝太多。」林俊成莞爾一笑，似乎毫不介意戴培渲聽起來像是在干涉他生活的發言，抬手安撫地碰了碰他的肩，「等你傷口好了，想喝多少都可以，我會填好酒櫃。」

戴培渲偏頭，林俊成似乎沒有帶他出入聲色場所的意思，如果開口提出要跟去，男人恐怕也會拒絕。

「我會盡早回來。」林俊成猜到了他的想法，柔聲說道：「你可以在家裡等我。」

這天是星期五。林俊成的作息依舊保持上班族規律，週末兩天放假。他們最近養成默契，固定星期五晚上一同過夜，戴培渲會留宿。

「好吧，早點回家。」戴培渲妥協道。

這陣子林俊成對他很好，擔心暫時不能去咖啡店打工，一個人在家無聊，不時約他出來透透氣。平時總是慢跑路過的公園，找戴培渲出來散步時，會很有耐心地陪他慢慢走，悠閒地漫步談天。

戴培渲也享受著這樣的關心，不想過度強硬地干涉對方，打壞了氣氛，因此沒有進一步堅持。

然而這天晚上，戴培渲自行按了密碼進入林俊成家，照例想一同度過美好的週末夜晚，男人卻遲遲沒有回家。

※

戴培渲傳了訊息、打了好幾通電話，總是立即回覆的林俊成卻沒有回應，他獨自一人坐在偌大的客廳裡，感受到空蕩蕩的寂靜與心慌逐漸填滿整個空間。

手機終於接通，電話另一頭卻是朱逸凡。

林俊成在夜店遭到陌生男子刺傷，正在醫院動手術。

戴培渲趕去醫院急診室時，外頭椅子上坐著那對情侶。謝家綺哭紅了雙眼，朱逸凡則是神情疲憊，兩人間隔了三個位置。

當戴培渲走過去想揍謝家綺一拳時，朱逸凡立刻站起來制止。

「別這樣……」朱逸凡急急擋到戴培渲面前，「不然你打我好了？」

戴培渲面無表情，「那你為什麼不幫他挨刀子？」

朱逸凡露出彷彿被狠揍一拳的表情，臉色鐵青地咬緊了嘴唇。

這時急診室的門開了。護理師和醫生出來尋找林俊成的家屬。

手術相當順利，沒有生命危險，只是需要住院觀察。

他們隨著林俊成轉移至病房。原本這個時間不能留下這麼多客人探訪，可是這間醫院和朱逸凡家有關係，安排了最好的獨立病房，整個空間像家庭式公寓般寬敞，院方也沒有趕人。

林俊成的麻醉很快就退了，一睜開眼睛，便看到坐在身旁的漂亮青年，以及低著頭站在他身後的兩個老朋友。

病房內瀰漫著沉重低氣壓，幾乎讓林俊成以為自己罹患了不治之症，還是剛才某個器官被宣告壞死切掉了。

「你沒事，只要靜養就好。」戴培渲彷彿能讀懂他的眼神，神情相當生氣地說道。

林俊成試著想伸手碰碰他的臉，指尖微動就感覺到溫暖的手覆蓋到手上。

「比起事後安撫我，別受傷不是比較合理嗎？」戴培渲冷冷說道。「為什麼不讓別人去擋？」

男人的眼裡浮現一絲無奈，事發當下非常突然，他們都沒想到會有鬧事者一衝動就拿酒杯的碎片捅人。

謝家綺終於沉不住氣，出聲制止，「你別怪他——」

「我當然怪你們，但只有他受傷我會生氣。」戴培渲迅速回應。

一時間整個病房陷入寂靜。林俊成動了一下，似乎極力強忍笑意。戴培渲一副理直氣壯地表明謝家綺被捅他也不在乎，讓身後的小網紅面紅耳赤。

「你衝動行事的後果，為什麼是他要承擔？無論你們還要不要在一起，有誰自卑想分手，經營網路生活遭到黑粉攻擊，通通和他無關不是嗎？」

戴培渲沒有回頭，身後的情侶卻像是被針刺了似的不禁一震。

今天晚上謝家綺突然在夜店裡開了直播，對著鏡頭飲酒狂歡，宣告自己現在是單身——向來被認為是富二代冤大頭的朱逸凡，居然在他宣告單飛之前，先一步甩了他。

謝家綺嘴上說著不在乎，行為卻完全不是如此。他在夜店裡對著鏡頭發怒，痛罵朱逸凡拋棄他是王八蛋負心漢，又突然大哭說想要永遠在一起，還表明死也不會退出節目。

「我不是因為自卑而提的，是認為這樣子對他比較好。」其實很清楚網路上評價的朱逸凡面露無奈。

戴培渲還沒張口，謝家綺就先發難，「你憑什麼決定怎樣對我好？」

「你不是很想要經營自己的事業嗎？也不喜歡 Podcast 了，還總想要傍成回來。」

「那是因為你很在意評論說節目變得膚淺啊！如果他回來，就有人可以陪你聊那些很難的話題。」謝家綺生氣道。

聞言朱逸凡面露驚訝，他也相信了網路上那些說謝家綺想要獨立的評論。

「你們整天在一起，卻要放到直播上幾千人面前吵，才能聽懂彼此說什麼？」戴培渲冷冷打斷身後情侶的復合秀，兩人不約而同縮了一下。

今晚謝家綺對著手機鏡頭又哭又叫，引來了關注。人們上網時，會認為網路世界的影響力強大，近乎等同於現實生活，然而處在同個燈紅酒綠空間裡的其他酒客，只看到一個可愛的小男生一直對著手機說話。

直播片段能看到周圍有人起鬨騷擾謝家綺，他很堅定地說「別碰我」、「走開」，可是一旁喝醉的男客人只是笑得很大聲，還有人伸手攬謝家綺的肩膀要入鏡。

晃動的鏡頭拍到了吧檯上的夜店名稱，林俊成剛好在附近酒吧跟朋友敘舊，接到朱逸凡的求救電話，比當事人男友更快趕到現場。

謝家綺當時和一個男的拉拉扯扯。那位喝醉的男客人是他的粉絲，已經在網路上追蹤數年，從直播聽到他和諾阿姆的分手宣言欣喜若狂，接著發現兩人就在同一家酒吧時，更認為今晚是命中註定。

那個男的想要將謝家綺帶出夜店，滿心覺得自己英雄救美。謝家綺本來為了要躲避其他客人騷擾而沒拒絕，一看到林俊成出現，立刻翻臉不認人想要一走了之。

結果就是空歡喜一場的醉鬼粉絲惱羞成怒，在衝突間拿酒杯的碎玻璃捅了林俊成。

「你們為彼此著想，想要成全對方的心意很美好，可是從頭到尾有考慮過別人嗎？」戴培渲握緊了林俊成帶著薄繭的大手，「別把責任推到朋友身上。你們有把他當朋友，就不該濫用他的好心，無視他的感受。」

向來伶牙俐齒的謝家綺罕見地沒有反駁，朱逸凡更是羞愧地低下頭。朱逸凡知道當年拉著好友做節目時，緩解了林俊成在國外謀生的生活壓力，對方一直出於感謝對他們很不錯，導致兩人在無意間過度依賴他了。

林俊成躺在床上，麻醉還未全退顯得虛弱，一雙眼睛卻很有精神，饒富興味地盯著今晚說話強勢的鄰居青年。

緊緊握著他的手指纖細，卻飽含著堅定的保護意圖。林俊成對這種受到呵護般的照顧很陌生，他從小就是天之驕子，學業成績優異，在國外念書時跳級多次，出社會後都是進入名頭響亮的大公司，賣掉股份後買下了一整棟商業大樓出租達到財富自由，現在做 Podcast 也小有成績。

無論做什麼事都很成功，所以從未有人想過要支撐他，林俊成向來都是守護人的那一方。

在他面前總是盡力保持溫柔的漂亮青年，早在狠踹歹徒之前，偶爾便會露出凶狠的眼神，可是現在看到戴培渲頂著那張漂亮的臉張牙舞爪，還是讓他感到十分可愛。

※

度過了漫長的住院時間，林俊成總算返回自家公寓。

傷口復原狀況良好，以醫院的標準是提前出院，可是他還是待得相當不耐煩。

「東西放著就好。」吩咐陪同他出院的朱逸凡提行李先進屋，林俊成一回來立刻去按了隔壁的門鈴。

屋內無人應門。

手術隔天，戴培渲還有來看他一次。後來毫無預兆地，戴培渲沒再來醫院探視，也完全不接他的電話，還直接封鎖了他。

林俊成擔心他出事，請人查看狀況，結果發現戴培渲每天正常出入公寓，採買食物、去健身房以及打工，日子過得很平常。

只是不想理他。

朱逸凡放完行李後，看好友的臉色很不好，默默摸摸鼻子離開了。

林俊成站在原地許久，又按了一次門鈴，這次大門傳來解鎖的聲音。

前來應門的是王謙霖，只見戴培渲的表哥雙手環胸，表情不太好地靠著門框，「有什麼事嗎？」

「我找他。」

「他說不想見任何人。」王謙霖沉默半晌，「是你把他搞成那樣的嗎？」

門內門外陷入緊繃的靜默，林俊成默默回視擺著臉色的家屬。

王謙霖從他的眼神裡看見關切，過了一會，嘆了口氣讓開身子，「他在房間，知道放你進門會想殺我的。」

林俊成點頭致謝，進屋後快步走向主臥室。

這是他第一次踏足戴培湋的私領域。房門虛掩著，只見屋主頭上罩著棉被，趴著使用電腦。

他的視線動也不動地注視著螢幕，瀏覽著一條條訊息，林俊成知道他在看的不會是什麼愉快的內容。

當他走到床邊，還沒有開口時，戴培湋頭也不抬地說道：「是你自己委託的，對吧？」

林俊成站在房間中間，一時不確定如何回答比較好。他關切地凝視著戴培湋好幾週不見的臉，發現對方瘦了很多。

「你把我當笨蛋嗎？」

「不是，我原本不知道是你。」林俊成回答，結果看見那雙漂亮的眼睛裡閃過一道疼痛似的情緒——即使發現受到欺騙而避不見面，對方也依舊在擔心他。

「那個委託不完全是認真的。我觀察了很長時間，對許願池這個網站的主人很好奇。我不覺得這個網站的負責人會收到三十萬，就隨意下手殺人。」

「……所以還是在耍我，不是嗎？」戴培湋坐起身來，眼神憤怒，「你知道陪你玩的這段時間，我本來可以救多少人嗎？」

「我有提供網站使用者類似的協助，這段時間來處理的案件數並未減少。」林俊成說道。

戴培渲的神色這才稍微緩和一點。除了最近故意搶他在進行的大案子，之前林俊成如果沒有讓人處理他尚未受理的案子，他也難以發現成千上百的訊息有所削減。

「其實你也很清楚，實際能幫上忙的案件並不多吧？」

除了一些運氣不好的案例，容易被欺凌的人有時是從原生家庭培養了軟弱的性格，或是缺少適當照料，導致成長過程中溝通能力未能順利發展，即使到新環境仍可能複製相同經歷。條件弱勢的委託人就算躲避了一次惡人，為了謀生依舊得接觸惡劣的現實環境。

「這不關你的事，我也沒同意你隨便駭入我的網站。」戴培渲板起臉來。

「原本我確實是出於好奇，可是現在也擔心你受傷，有更多的團隊支援可以降低很多風險。」

戴培渲的表情毫無變化，神情依舊冰冷。林俊成不該在失去信任時，還出言干涉對方的生活重心。

「你為什麼對許願池感興趣？」戴培渲提問時，臉上表情甚至有點厭惡，像是聖域受到了冒犯。

「我看到有人在匿名討論版提起這個網站，本來是想當做節目專題，觀察了一段時間。後來發現不太適合，企畫作廢後，還是不時會上去看看。」

他看了許願池好一段時間，網站時常有獲得拯救的委託人分享個案故事，目標包含惡質上司、壞婆婆、出軌的丈夫或妻子、會家暴的父親，還有深夜遊蕩滋事的不良少年。林俊成覺得那個網站很有趣，管理者會以這種吃力不討好的委託為業，大概是個溫柔的怪人。

他很好奇管理者如何過濾出所謂的「惡人」來制裁。

「那還真感謝你沒有曝光，不然會有更多惡作劇委託吧。」

「你是怎麼發現的？」林俊成問道。

「第一起竊案發生時，我想用檢查小偷有沒有躲藏在屋內的名義進入你家調查，你卻要我待在門外，有什麼狀況就打電話報警。要是真有歹徒躲在裡面，絕對來不及吧？」戴培渲說道。「還有看到自家門口被潑血時，你也不怎麼驚慌，像是認為出事也不奇怪。」

直到出現斧頭小丑對著戴培渲的鏡頭挑釁，林俊成才突然比較認真面對這件事，彷彿察覺社區發生的事跟許願池無關。

「……還有，我們發生關係時你沒戴套。」戴培渲面無表情地說道。

他早該察覺到不對勁，林俊成怎麼看都不像是會為了快感而進行無套一夜情的性格。

「我是直到最近才認真調查網站負責人，想確認沒有後患。」

得知背後經營者竟然就是隔壁鄰居，他也很驚訝這種巧合。同時林俊成想起戴培渲身上的傷疤，即使知道這種干涉方式相當粗糙，還是搶了好幾個原本要進行的委託。

「我不會殺你，你放心吧。」戴培渲閉上眼睛，「可是我也不想再繼續和你有任何瓜葛了。」

林俊成走近床邊，彎下身子低聲說道：「真的很抱歉。我完全能理解你不想要和玷汙網站的人在一起，可是我不是出於惡意這麼做。」

「你有一半是認真的吧。」戴培渲靜靜說道。

房內頓時陷入靜默。

「我剛開始積極接近你時，能感覺到你對我有好感。可是喝完咖啡隔天，你卻決定疏遠我，那時你擔心如果有個萬一，我會受影響吧。」戴培渲說道。「委託暫時中止，也是在我半開玩笑跟你告白之後。你當時剛得知我的家人因為一場意外全驟逝了。」

即使說著委託不是認真的，林俊成卻做好了離開的心理準備。

「——我沒有重大原因想要尋死，卻也不認為一定要活著。我的生活沒有目標也沒有重心，那時也沒什麼遺憾。」林俊成緩緩說道。「你是因此決定不再見我嗎？無法原諒不重視生命的人？」

「就算家人們車禍過世，我有時也會想死。我能理解你的衝動。」戴培渲搖了搖頭，「你之前說過同事們自殺，只是意識到那是一種選擇吧？但我認為那像傳染病一樣，絕望會傳染，你也在那時候埋下了種子。就像維特效應，從社會心理學的角度也有跡可循。去年有撰稿人為了這件事採訪你，觸發了念頭吧？」

當年主管想要從政，勢必需要面對這起事件，也為此連繫了林俊成。

「我接受委託這幾年，除了真的受害者之外，也看過很多想拿網站做壞事的人渣，也有本身性格頑劣的被害者。我見過各式各樣的惡意和荒謬要求，不會為了有輕生念頭討厭你。」戴培渲說得很平靜真誠，眼神浮現哀傷，「可是這個對象不能是我喜歡的人。」

※

來到這間公寓之前，林俊成準備了各種說詞與備案。可是當看到戴培渲消瘦的身形與哀傷的眼神時，所有事前準備全派不上用場，他說不出任何強迫對方接受道歉的詭辯。

「要不是他不喜歡我干涉，我很想揍你一拳。」當他走出主臥室時，王謙霖雙手環胸靠在走廊上。

「他怎麼會瘦這麼多？」林俊成的口氣裡帶著責難。

「我又不能灌食。」王謙霖咬牙切齒，「他沒有外表看起來那麼活潑健康，從以前狀況就常常不好。」

林俊成明白自己遭到刺傷可能觸發了不好的回憶，而且過去這段時間，戴培渲一直擔心心儀對象會有生命危險，精神始終很緊繃。

「他為什麼要做這種工作？」林俊成問道。

王謙霖陷入短暫沉默，任誰都知道許願池那種網站的訊息不利於心理健康。

「他的問題不是從家人們過世開始的。」王謙霖嘆了口氣道。

「和他大學休學有關嗎？」

「他跟你說過這個？」王謙霖神情訝異，「他表面上裝得若無其事，其實心裡一直覺得很丟臉，居然願意告訴你。」

王謙霖面露猶豫，迎著林俊成執著的視線，聳了聳肩，轉身走向客廳。

「反正他頹靡時能好幾天不離開房間，你可以喝完茶再走。」王謙霖走進廚房準備燒開水，一邊思索著如何講起，「他小時候是很開朗的小孩，脾氣和現在一樣粗魯，可是很活潑親人，再加上長得很漂亮，小時候常常被誤認為小女孩。」

父母擔心他被欺負，送他去上過許多防身術、柔道等等武術課程。戴培渲有天分也很肯吃苦，還拿過不少獎牌。

「可是他國中時，第一次出現了問題。他在學校人煙稀少的廁所和一群不良少年碰上，那些混帳想……不管是不是同性戀，這種事情都聽說過吧？」

性別氣質中性的男孩容易遭受性暴力，有時不僅是逞欲，也是權力的展現。那群不良少年本來就看不順眼漂亮的戴培渲很受女生歡迎，想在廁所脫他的衣服，逼他口交。

「他父母的錢沒有白花，他靠著當時在學的武術一對四打贏了那群不良少年，成功脫困，後來還在學校蔚為話題，被同學大肆宣揚了一波。」王謙霖眼神變得陰暗，「有些同學因此想去那間武術館學習，可是武術館教練們得知戴培渲在外面打架，非常不高興。」

「他們認為那是打架？」

「他們根本不在乎實情，只擔心武術館的名聲受損，道貌岸然地指責戴培渲不能對一般人出手。戴培渲當時就很會講話，反問老師他的父母花了這麼多學費，他卻必須被那群不良少年輪暴了事嗎？」王謙霖沉默半晌，「結果教練氣得搧了他耳光。」

看到林俊成難以理解的眼神，王謙霖也露出個猙獰的苦笑。

「那些教練滿口冠冕堂皇大道理，要戴培渲不准自保打外行人，卻在道理講不贏他時，動手打小孩。」

不只是耳光，教練脾氣徹底上來，動手繼續教訓戴培渲。當時戴培渲的姊姊也在同個武術館，立刻二話不說拿起電話大聲報了警。

「那時根本沒想過會被教訓的戴培渲已經被教練踹倒在地上，要不是他姊姊當機立斷，可能會挨一頓揍。」

就算再怎麼有天分，當時也只是個十四歲少年，根本打不贏職業人士。

「可是警察來巡視時，教練解釋是在管教學生，戴培渲實際也沒真的受什麼嚴重的傷，家長也趕來了，就草率勸導了事。」王謙霖面無表情地說道：「最糟糕的部分來了，他們的母親是位毫無脾氣的社長夫人，從以前就非常溫吞，看到女兒亂叫警察、兒子不服管教，第一時間在戴培渲面前，對那個教練鞠躬道歉。」

林俊成想起在飯店房間裡，戴培渲曾面帶微笑地說父母是老好人。

「事後武術館還想獅子大開口要求他母親捐獻。可是回到家後，他母親搞清楚實情，也委託了律師處理。」

然而，當時的事就像是根刺，在原本感情融洽的家庭裡留下了疙瘩。

少年時期的戴培渲變得寡言，不怎麼坦露心事，平時也不愛走出房間。父母從起初有點懊悔，時間久了又擔憂起孩子個性不好，越長大越不懂事，雙方隔閡漸深。

「後來大學時，和他感情很好的女生朋友遇到類似的事情，被一起去夜店玩的學長欺負了。戴培渲本來想陪她打官司，替她支付律師費，可是當初找他哭訴的女生後來卻和其中一個學長交往，還反過來說他造謠滋事。」

他們從沒弄懂過那個女生的想法。可是那個女同學後來甚至和學長結了婚，現在養育著兩歲的女兒，從社群網站上看起來很幸福，而且女方還時常在同學聚會場合說戴培渲的壞話。

「戴培渲只是很擔心那個女生是不是被強迫，從來沒有在意過對方說他壞話。他的人際關係也沒受影響，儘管學長和那個女生刻意造謠企圖排擠，同學們普遍還是和他比較親近。」

戴培渲若無其事地繼續校園生活，直到那群學長畢業後，隔年缺勤狀況開始增加，漸漸不再去學校。

「雖然他總說只是提不起勁，但我們覺得他是被觸發不好的記憶，而且難以理解人性。」王謙霖說道。「那時親戚和鄰居都說了許多難聽的話，認為他是被寵壞的小兒子，諷刺他的父母教養無方。」

林俊成記得他的父母並不責怪他，可是卻斷定兒子可能有瑕疵，替戴培渲準備了豐厚的財務規劃。儘管戴培渲並未言明，不信任感也是阻礙一個人復原的要因。

「他沒有消沉太久，休息幾個月就乖乖聽姊姊的話去打工了，隔年復學也跟學弟學妹處得很好。」王謙霖靜靜地準備茶水，沉默了好一會，「如果沒發生那起車禍，他可能還有機會過上平凡人生吧。」

「他說那是意外？」

「要是他真能這麼想就好了。」王謙霖苦笑道。「喪禮上我們聽到很多不好聽的流言蜚語。但比起其他人說的話，我印象更深刻的是，戴培渲當時看著父母的遺照，問我父母上一次帶我或我妹妹去看醫生是什麼時候。」

王謙霖直到現在都想不起來，妹妹高中時動了個小手術，甚至是他和幫傭陪著去的。

「後來喪禮結束後過了一陣子，他姊姊的同事透過社群網站私訊，說他姊姊當時在公司受到同事們職場霸凌。那個同事大概是承受不了罪惡感吧，認為他姊姊壓力過大，不得不到處求醫，主要原因其實是人際上的惡意。」王謙霖靜靜說道：「這大概就是最重要的理由。在戴培渲心裡，正義感強烈、優秀的姊姊總是堅強無畏，卻默默承受著讓身心都崩壞的職場霸凌，始終不敢離職。」

如果雙親不是那種凡事親力親為，陪著孩子大老遠求醫的好父母。

如果姊姊不是從小就會和鄰居問好的好孩子，被鄰居太太好心地出言提醒打理外貌。

如果他沒有在大學期間足不出戶，讓姊姊認為必須保持完美，不能害父母多操心，有機會說出自己的困境——

「他無法理解為何一輩子認真努力的姊姊受盡磨難後早逝，頹靡軟爛的自己卻活下來坐擁大筆遺產。」王謙霖搖了搖頭，「真的無可救藥的富家少爺哪會思考這種事？他就是太固執，才會跟自己過不去。」

賣掉老家後，直到收到姊姊同事的訊息，戴培渲有很長一段時間關在家裡。他調查當時帶頭霸凌姊姊的同事，結果發現那名年長姊姊兩歲的女同事已經離職，和新婚丈夫合開了一家寵物中途咖啡店。

大企業出身的女方非常善於行銷和包裝，天天在網路上寫流浪動物的故事募款，店家生意興隆，過得相當風光。

然而戴培渲從眾多網路留言中，看到一個網友反應募款經費流向不明。那則留言沒引起多少矚目，被幾個熱心支持者痛罵「別出一張嘴下指導棋」就噤聲了。

戴培渲花了一點錢請人調查，沒多久就查出那家店接受的捐款和用在流浪動物身上的經費有龐大落差，動物也並未受到妥善對待。

那位太太買了以店內客流量理應無法負擔的新車，而先生還在外面包養酒店小姐。

那時戴培渲沒什麼經驗，全都花錢處理，找了家經營網路口碑操作的公司曝光所有內容。專業人士聳動的文字與偽裝成客人的爆料迅速擴散，還引來媒體採訪與狗仔跟監，八卦週刊還拍到了先生跟小三進出賓館的照片。

僅僅不到三個月，那間寵物咖啡店匆匆結束營業，夫妻也互推責任撕破臉鬧離婚。

戴培渲只是花了點錢付諸行動，就解決當初姊姊正直隱忍三年的壞同事。

「從那之後，他就開始做『許願池』。我知道這聽起來有點憤世嫉俗，可是當從小學到的正道根本不管用，遇到不合理對待時，周遭不也都會說著『人生就是如此』、

『出社會就是這樣』，要當事人試著接受嗎？」王謙霖靜靜說道：「他用自己的方式在嘗試消化，面對難以接受的遭遇，找點事情做，我認為不是壞事。」

※

自從大學畢業後，戴培渲的人際關係一度近乎荒漠。他不想與人產生連結，也提不起勁找人交往，就連答應姊姊的打工也停止了，只有偶爾會搭理來家裡探望他的王謙霖兩句，其他時候都在睡覺。

那時勉強與世界產生連結的方式，就是點開 Podcast 節目。他甚至不太能聽兩個人以上的節目，過於寂靜的生活讓他的神經無比敏感，只要聽見主持搭檔之間的談話產生攀比或輕慢，就會產生煩躁感。

將熱門節目試聽一輪都找不到合心意的，正打算放棄時，戴培渲聽見了鯨落電臺。男人的聲音安撫了他看什麼都不順眼的憤怒。戴培渲原本一度懷疑自己會成為上新聞的反社會罪犯，卻在一天天聽著主持人 Arthur 分享國際新聞、最近讀的犯罪推理小說、海外生活的文化差異，躁動的神經漸漸安定，逐漸找回一點現實感。

有這個人生活著的社會，也許沒有那麼糟。

即使素未謀面只聽過聲音，戴培渲像是抓到了浮木，感受到一絲安慰。正巧那時收到豪宅公寓即將落成的消息，便當作個新開始，要求自己再振作一次。

※

手機鬧鈴聲響起。

他手掌上的傷口拆線了，不能繼續讓店長苦撐著一個人上班。

戴培渲從棉被裡爬起身，摸索著關掉鬧鐘，順便打開 Podcast 節目。

——即使被狠狠耍了一次，還是無法戒掉這個聲音。

每天戴培渲點開鯨落電臺時，都會對自己感到些微惱怒。他一邊聽著房間內音響放出林俊成的聲音，一邊走進主臥室的浴室刷牙洗漱。

「今天要和大家分享的主題是維特效應……」

從水聲之間鑽入耳朵的內容，讓戴培渲動作一頓。一大清早就聽仿效自殺的故事是不是有點太陰暗了？他皺著臉，可是沒有出去關掉。

林俊成準備的故事很中性，沒有太多煽動細節，僅提供了幾則歷史上發生過的新聞，以及相關的社會心理學書籍。戴培渲對這部分書單很感興趣，替自己煎了吐司和煎蛋，吃早餐時還聽得津津有味。

當洗好碗盤時，向來不怎麼揭露隱私的主持人提到自己最近尋求專業幫助。

戴培渲猛然抬起頭來，聽見林俊成說最近接受心理諮商，找了四、五位心理師才找到適合的合作對象，也提醒聽眾留意心理健康。

當他換好衣服，做好外出準備時，音響傳來節目即將到尾聲的招呼語。

「那麼，本集節目就到這裡。希望大家喜歡今天的內容，我們下次再見。」

戴培渲拿起手機，看到音檔還剩下五秒鐘，但節目理應播放結束。是沒有剪好空白段落嗎？

正感到疑惑時，音響再度傳來男人低沉的嗓音。

「——我愛你。」

音檔播放結束。

戴培渲呆站半晌，不是很確定自己聽見了什麼。

※

打開公寓大門，隔壁也傳來聲響。戴培渲才剛鎖好門，便聽見男人用溫柔的聲音向他問好：「早安。」

戴培渲板著臉，淡淡點了個頭，面無表情走向電梯。他想要裝作完全沒有聽見某個給上萬名聽眾的語音訊息，可是能感受到林俊成的視線關注著自己的反應。

剛回到咖啡店，店長盡量不讓他做洗碗工作。結果就是戴培渲不是站在前面櫃檯，就是在座位區之間穿梭，總能見到某個高大男人坐在店內顯眼的位置，總得從他身旁經過。

……走了一個偽創業家跟蹤狂，又來了一個。

「你整天都待在這裡，工作沒關係嗎？」戴培渲替他加水時，終於忍不住出聲。最近不論外出採買、打工、去健身房，都會和某人不期而遇，男人總會若無其事地靠過來攀談。

「回廠商信、查資料和寫講稿，有電腦或手機就可以了，這期的資料我買了電子書。」

「錄音呢？」戴培渲相當焦慮。

「寫好講稿，晚上錄就可以了。」林俊成微笑邀約，「想來聽現場嗎？錄音室重新整理好了。」

戴培渲眼底浮現一絲渴望，隨即又咬住嘴唇。

「你很擔心我開天窗沒有更新的話，可以親自來監督。」

「……我才不在意。」彷彿預設他還有在聽的發言，令戴培渲燃起警戒。

「那我可以請假嗎？也許能夠充電休息一個月。」假裝沒發現戴培渲一瞬間面露打擊，林俊成沉吟道。「畢竟我最近也滿忙的。」

「你可以停止駭入我的網站。」戴培渲咬牙切齒。

多虧了這個人，他最近很閒。

林俊成擅自替他處理了危險的案件，而且處理方式很符合他過往的決策思路，但是是更好的版本。畢竟很多事情做起來需要人脈與歷練，林俊成能給那些求助者提供更細緻的幫助，因此戴培渲很難強硬拒絕。

另一個原因是，自己也遊走在法律邊緣。就算報警抓人，林俊成的尾巴都沒摸到，說不定他會先被抓走。

「你開放權限給我，我們能發展更好的運營模式，也能節省更多時間，還能適才適所。」

戴培渲合作的駭客之一，是以前幫助過的霸凌受害者。最近林俊成幫他們將許多工作建立流程，讓案件處理起來效率更高。

如果把一些簡單的車手、事前調查工作分工出去，戴培渲的負擔會減輕很多，還能將網站收益分享給那些在社會邊緣掙扎的前委託人。

戴培渲很清楚林俊成並不是隨意對他的工作指手畫腳，特地費這麼大的功夫協助，最終目的是為了減少他出現在現場，不想讓他遭遇危險。

而這些也能透過專業團隊輔助。最近戴培渲本來想暴力解決的案件，也被林俊成雇用的前職業軍人搶先一步了。

「——讓你合伙，對我有什麼好處？」戴培渲抬起下巴說道：「我不缺錢，也不怕受傷。」

「我們能有更多自由時間。我可以多錄幾集節目。」林俊成一本正經地說道：「還有，也許還能做一點別的事情。」

聽著男人意有所指的話語，戴培渲陷入漫長沉默。他感到不太甘心，對方隨意列舉的兩個提案，聽起來都十分吸引人。

——《給愛慕者的殺人委託》完

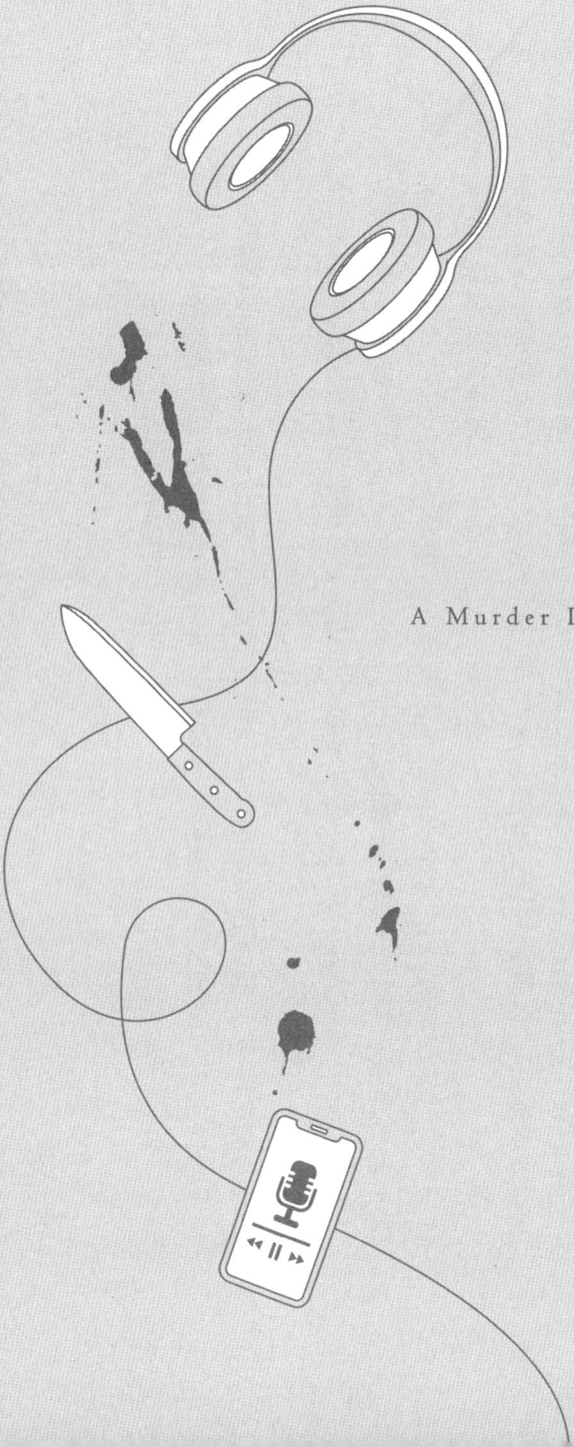

A Murder Deal for the Admirer

番外一　回家

林俊成從來沒想過會踏入穩定的關係。

他對於隨著感情而來的責任與需求興致缺缺。以前還在步調緊湊忙碌的公司上班那幾年，有時深夜逗留公司加班如火如荼趕專案時，總會有同事因為私生活問題而影響情緒。

明明連睡眠時間都被嚴重壓縮，健康出現狀況，卻由於太久沒約會、忘記紀念日，假日只想待在家中睡覺而被另一半指責。有次同期累得恍神失足摔下移動中的手扶梯，幫同事撿起掉在地上的手機時，手機裡跳出的訊息是交往對象抱怨他回訊息時語氣太冷淡，沒用表情符號。

雖然這不怎麼常發生在林俊成身上，他似乎天生就有某種距離感，讓曖昧對象總會小心看他臉色。即使偶有察覺對方產生了進一步的欲求，林俊成往往也不會回應。

就算後來轉換身分，能夠隨心所欲運用時間，從出生以來就在高壓競爭環境生活的林俊成迎來了人生中的長假，也沒有打算讓另一個人占據他的時間。

比起特意和交往對象約會，花時間互相陪同完成瑣事，無所事事一起窩在沙發上看Netflix，他寧願多看一個線上課程，多去研究新的錄音器材。

這是穩定單身的人常有的習性，不習慣彷彿義務般，需要將一半以上的私人時間交給伴侶。

不知道是幸還是不幸，他遇上了個和自己很像的對象。

戴培渲的性格彷彿流浪貓，始終保持著某種留意局勢的警戒，從來不習慣約束，常常像是忘了他們之間的關係，總是獨來獨往，不會有必須要跟他在一起、分享生活瑣事的概念。要不是他提問，常常連行蹤都忘記交代就不見人影，有時將手機關靜音，一天失聯十幾個小時都不奇怪。

林俊成彷彿體會到了過往那些小心翼翼打電話傳訊息給他的曖昧對象的心情，知道了追逐另一個人回頭注意自己的感受。

然而只要戴培渲出現在面前，那雙漂亮的眼睛抬眼望向他，林俊成瞬間就會忘了所有的糾結與利益衡量，心甘情願投入以往從來沒有想過會陷入的關係。

「晚餐想吃什麼？」站在咖啡店門口，等著人下班的林俊成問道。

剛換下制服走出來的戴培渲眼裡出現一絲困惑，似乎在思考自己是不是忘了和對方有約。

「要吃火鍋嗎？」林俊成若無其事地提議。

「……那你負責肉吧，我冰箱裡還有菜。」戴培渲說道，神情卻還帶了一點茫然。

戴培渲不是很確定，他現在是不是理所當然地都和男人一起吃晚餐了。

一開始還是特意邀約，再來是下午碰面臨時起意待到晚上，不知不覺間，他們一起吃晚餐的日子似乎越來越多。

反正每天都得吃飯，煮一人份和兩人份也沒有太大差別，還有人能一同決定菜單。

對於時常感到吃飯很麻煩的戴培渲來說，這算是減輕了負擔。

只要放空腦子，跟著林俊成回家，就會有熱騰騰的食物可以吃。

無論是外食或親自下廚，最近林俊成都會備好完美的菜色，討好他的意圖十分明顯。

兩人之間的立場倒轉了。

不到幾個月前，戴培渲是那個處心積慮要討好親近對方的人，現在則是林俊成在對他獻殷勤。

這讓戴培渲感到彆扭。當時的目的是確保林俊成性命安全無虞，只是在進行許願池工作，就和勾引那些目標一樣，他的行動都帶著理性的算計。而此時此刻，林俊成毫不掩飾地討好他，背後的目的相當明顯。

是為了得到他這個人。

戴培渲雖然半推半就地維持現狀，卻無法坦然接受。他和對方發生過很多次關係，這是第一次真的使用身體進行任務，也明白他們的身體非常合拍，也許讓林俊成現在對他很感興趣。

可是熱情退去之後呢？

戴培渲一個人生活了好幾年，知道林俊成也是如此，他們習慣獨來獨往，與社會常規保持一段距離。要是哪天林俊成突然厭倦了，想要一個人吃飯，想要自己的空間，他們要如何退回原來的關係？

「你們回來啦。」在公寓電梯廳遇上的鄰居太太出聲招呼，「你們最近很常在一起呢。吃飯了嗎？」

就連其他鄰居都注意到了。戴培渲微微沉下臉，認為這不是好徵兆。

「我去接他下班，會一起吃。」林俊成態度倒是很大方，直接說了實話。

「總是男生湊在一起玩不行啊，還是要有女朋友。」知道戴培渲就在馬路對面打工而已，鄰居太太沒太當一回事，用調侃的語氣開玩笑道：「你年紀也到了吧，差不多該找個對象定下來囉。」

「我有對象了，很認真的。」林俊成微笑道。一旁的戴培渲訝異抬頭。

「哎呀，那真是恭喜。」鄰居太太頓時雙眼放光，因為難得撿到了第一手八卦而欣喜。此時電梯門開啟，她臉上閃過一絲遺憾，才住在五樓，時間不夠多問出一點情報。

戴培渲安靜地走進電梯。即使這陣子鄰居們認為他是坐擁大筆遺產的認真好青年，態度不同以往，他仍舊保持低調。

林俊成和太太禮貌寒暄了幾句，這時鄰居太太也許是認為冷落他不好，突然把話題拋向他，「在咖啡店工作很辛苦吧？我有個外甥女也對咖啡店很有興趣，你們可以交流一下。她從國外回來，有好幾個碩士學位卻只想開店，你們說不定可以一起做。」

戴培渲眨眨眼，沒想到才過幾秒鐘，被介紹對象催婚的單身漢居然換成了他。還沒有說話，身旁的林俊成已經將手環上他的肩膀。

「他的對象很容易吃醋，可能不太方便。」

「哎呀，你也談戀愛了嗎？」鄰居太太驚訝道。

戴培渲勉強扯出個笑容，耳朵卻莫名發燙。鄰居太太這回眼底明顯流露遺憾，似乎是真心想要介紹對象給他。

五樓到了，鄰居太太步出電梯。整個空間只剩下他們兩人，戴培渲抬眼望向身旁的男人。

林俊成神情嚴肅，搭在他肩上的手仍沒有鬆開，「我可以告訴社區裡的鄰居，我們在交往嗎？」

戴培渲有點訝異他會想特地公開，也因為林俊成事先徵求他同意，而認真思索片刻。

之前跟蹤狂出現時，鄰居間隱約就有風聲了。那時鄰居們更在意竊案，沒有太大關注，不過他們最近時常出雙入對，久而久之難免會有流言蜚語。

可是只要堅決不承認，不在外面做出親密舉止，兩個有優渥經濟能力的男人走得很近也沒有什麼。只不過是條件相當的鄰居變成好朋友，常常互串門子。

「最近想要介紹對象給你的人變多了吧？這樣能一勞永逸，你上班時也不會被追到店裡的太太打擾。」

「你以前能應付，我當然也可以。」戴培渲不置可否地回應。

一時之間電梯裡陷入安靜，戴培渲視線盯著跳動的樓層數字，能感受到林俊成的視線停留在身上，正在端詳著他的神色。

「我以為你討厭麻煩。」林俊成說道。

「……你就不怕一時輕鬆，換來更大的麻煩嗎？」戴培渲無奈說道。

電梯門開啟，兩人走出電梯。空曠的樓層走道一片靜謐，這層樓只有他們兩個住戶。

「什麼麻煩？」林俊成一邊問道，一邊若無其事地伸出手，想直接把戴培渲往自家大門的方向帶。

平常總是順著氣氛隨他帶進門的戴培渲難得停住了腳步，站在電梯廳的中央，抬眼看他，「你不怕改天分開了，繼續住在這棟公寓會很尷尬嗎？」

即使對於現代人來說，公寓鄰居間的影響不若以往的社區凝聚力龐大，他和林俊成的工作性質特殊，每天不會往返公司，花上大筆時間在外頭，自己家就是工作室。生活範圍就在這個社區裡，每天出入感受到的視線與流言蜚語，日積月累也會產生一些不痛快的小疙瘩。

「我沒什麼和人穩定交往的經驗，據我所知，你也沒有。」戴培渲單刀直入地說道。「你不怕我們有哪個人搞砸了，以後不知道怎麼收場嗎？」

戴培渲偏了偏頭，視線掃過了每天出入的自家大門，以及這陣子時常進出的林俊成家大門。

就算不提其他鄰居，說不定哪天他們會演變成難以碰面的地步。

一旦分手，以後每天出門時打開大門，都會祈禱著不要碰上前男友吧。

「好歹是幾億買下的房子，要隨便搬走也不容易。」戴培渲偏頭說道。

林俊成有其他房產，但想必也是最滿意這個地方的生活機能，才會選擇在這裡落腳。

「你已經在擔心這個了？」林俊成忍俊不禁，回身站在戴培渲面前，抬起雙手捧著他的臉輕輕用拇指摩挲，「只要我們一直在一起，就不會有這個問題。你不用費心處理房地產，不用擔心脫手時會隨著房價起伏有損失。」

「……我的房子變成人質了嗎？」戴培渲語氣無奈，臉上卻不自覺隨著林俊成露出笑意，原先因為憂慮和謹慎不自覺緊繃的肩膀也逐漸放鬆。

林俊成聽到他的顧慮時，絲毫沒有半點遲疑，充滿樂觀的篤定，彷彿也感染了他。即使與人交往始終需要經驗的累積和磨合，他們不可能不遇到問題，可是此時此刻，站在面前的人接住了他，似乎也讓人生的重擔變得輕盈。也許只要一同面對，那些他習慣預想的負面情況其實沒有那麼可怕。

「今天去我家吧。」戴培渲抬起手，抓住男人的臂膀，「我家有王謙霖買來的鍋具，適合煮火鍋。」

「Netflix今天有上新的影集，看起來是你會喜歡的。吃完飯可以一起看。」林俊成提議。

明白男人只是找理由想要增加相處的時間，戴培渲瞥了他一眼，伸手輸入密碼，讓林俊成一同跟著進屋。

也許今晚可以過夜。

——番外一〈回家〉完

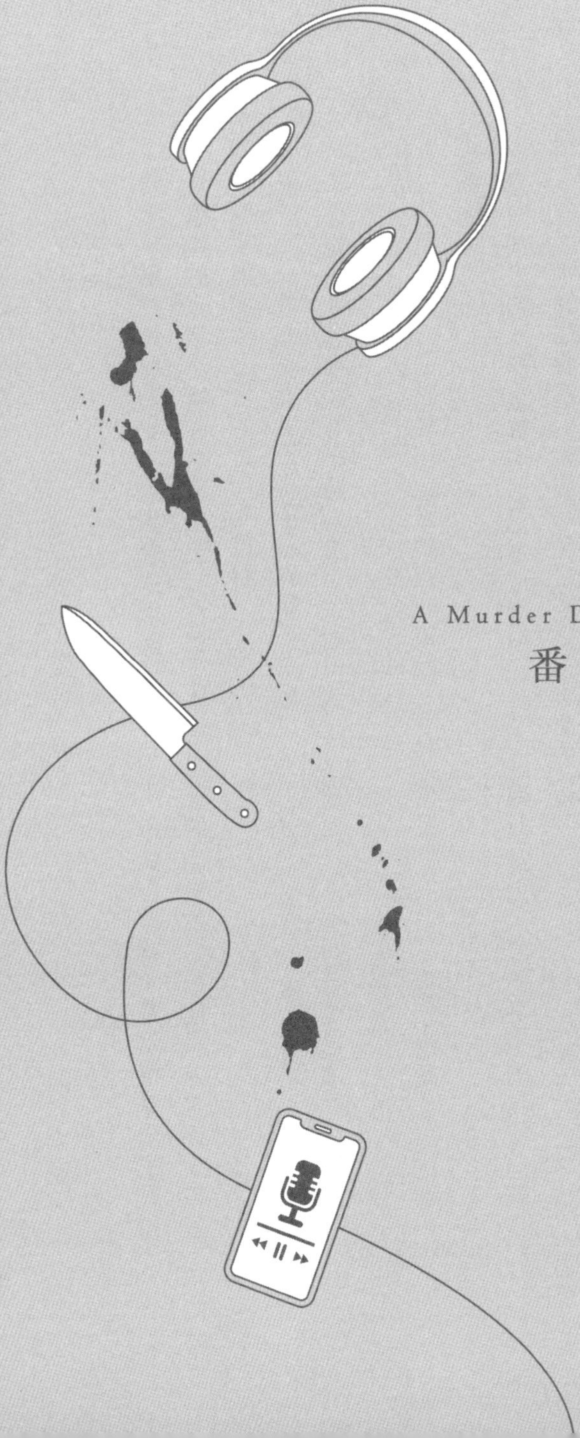

A Murder Deal for the Admirer

番外二 例行公事

帶著一點牛奶般的甜味，馥郁香氣隨著男人的手指動作散開。戴培渲身上還殘留著沐浴過後的水氣，躺在自家床上。林俊成帶著薄繭的溫熱大手在他身上游移，帶了點力道的手指按揉著他的背部與腰臀。

戴培渲一邊隨著撫摸不時身軀輕顫，一邊忍著不發出喘息。

「你是去哪裡學的？」戴培渲決定開口轉移注意力，這個問題他也確實在意很久了。

「稍微看了一點影片和筋絡相關的書籍。」林俊成微笑說道，捏了捏戴培渲的腰，「還滿意嗎？」

突如其來的揉捏讓戴培渲忍不住發出呻吟，隨即回身狠狠瞪了身上的男人一眼。被男人的大手握住腰部，會讓他想起被狠狠貫穿的快感。

戴培渲將臉埋進床單裡，知道自己下身已經起了反應。

這是最近常讓他摸不著頭緒的日常環節。

林俊成常常藉著吃飯、開會討論許願池營運細節，出入他的公寓或要他去自己家，結果兩人不知不覺常常整天待在對方的空間。而林俊成也開始做一些其他的服務，像是想要增加兩人相處的誘因。

一開始是戴培渲打工的咖啡店有員工離職，他連續幾天去上了全天班，林俊成看他回到家已經累得不想說話，便幫他按了按久站痠痛的腰腿。

後來林俊成像是按出了興趣，洗好澡後，總會攔截全身赤裸的戴培渲，將他稍微擦乾就抱去鋪著毛巾的床上，用按摩油替他按摩。

戴培渲對這種行為越來越困惑，一開始只當這是種調情，男人半占便宜地撫摸他的全身，後來也的確會演變成床事，因此只當作是前戲的情趣。

可是帶著薄繭的大手細細揉按著越來越白嫩細緻的皮膚，林俊成花在按摩上的時間很長，像是真的要把那些油按進身體裡似的，耐心十足地揉捏。

隨著次數增加，戴培渲明顯感受到手法進步，按壓到筋絡穴道的手勁越來越好，隔天起床時，身體確實也比較輕鬆。許多現代年輕人常有的肩頸痛、血液循環不良造成的疲勞都一掃而空。

「再忍耐一下，很快就好。」像是察覺到他的困窘，林俊成安撫地揉了揉他的後頸。

戴培渲埋在毛巾裡沒有應聲，一雙耳朵泛著通紅。

即使是在還沒那麼親近時，林俊成就對他有種莫名強烈的影響力，那也包含著強烈的性吸引力。無論是聲音或是碰觸，都能夠輕易激起細小的火花，不受控制地在他的感官神經上劈里啪啦炸個不停。

何況是這個男人一直摸他。

林俊成越是正人君子般一絲不苟地替他按摩，戴培渲越是會為了起反應感到尷尬。尤其是男人的視線始終落在他身上，他很清楚每一個震顫都被盡收眼底。

而戴培渲不知道的是，他這種不習慣受到照顧的害羞反應，對林俊成來說也是樂趣之一。

林俊成心情很好地俯視著趴在身下的漂亮青年，原本就天生白皙的肌膚經過細心護理，變得越發柔嫩漂亮，彷彿在發光似的充滿光澤。線條優美的背部、略帶纖細感的修長四肢，隨著撫摸輕輕發顫的腰部，任由他擺弄撫摸的赤裸身軀，總會激起他強烈的欲望。

這時他注意到側腰上有個新的瘀青。大概是上星期戴培渲親自介入案子時，為了閃避情緒激動的目標而擦撞到桌角。雖然那次衝突很快就收場，卻還是留下小小的痕跡。

每次留意到這種傷口，林俊成就有種把人綁在自家床架上的衝動。然而他很清楚戴培渲貓般的性格，越是高壓限制越會引起反彈。

「也換我幫你按吧。」戴培渲很快就穩定好情緒，回過身看他。

扭轉的腰部彎出了迷人的曲線，林俊成凝視著仰頭看向自己的漂亮臉龐，內心略微黑暗的心思繞去了另一個方向。

「我比較想要另一種報償。」林俊成一本正經地說著，手往下探向漂亮青年的腿間。

性器被沾著按摩油的溫熱手掌握住，戴培渲發出壓抑的喘息。男人毫不留情地揉捏，力道有點重地搓揉著他的前身，激得戴培渲弓起了背部，因為強烈的快感而喘息。

下一秒，戴培渲卻撐起身子，猛然貼向林俊成，一把勾住男人的脖子。

「你不需要這樣撩撥我。」戴培渲在他耳邊輕聲說道：「我比較喜歡你直接從後面來。」

林俊成呼吸一滯，渾身赤裸的漂亮青年直接將整個身體貼近，不甘示弱似的跨坐到他身上，面對面緊密相貼時，下半身的反應也坦露無遺。

戴培渲很滿意地發現男人硬到不行。

「我本來想慢慢來。」林俊成無奈地說道，拍了下戴培渲的屁股，將他整個人抱起來，一起朝著床頭櫃挪動。

雖然手上就沾滿按摩油，林俊成卻用事先放在床頭櫃的溼紙巾擦了擦手，重新擠了一些潤滑油，才將手指往懷中的青年臀部探去。

戴培渲趴在男人肩頭上，隨著手指頭探入，微微瞇起了眼睛。

他很早就注意到男人擴張時的習慣，有點意外林俊成會這樣一板一眼地特地換成性愛專用的潤滑油。飄散在空氣中的香氣確實有點濃郁，最近戴培渲被客人和同事發現身上總是有香味，還有人開口詢問他是用了什麼香水。也許是擔心體內黏膜會吸收不必要的物質，才會特地更換。

「嗯……」修長的手指連根沒入，異物感十分強烈。

「最近越來越好放進來了。」林俊成讚賞的語氣在耳邊響起。男人一邊用手指插他的後穴，一邊讚賞好學生似的誇他。

戴培渲趴在高大男人的肩上沒有說話，面對面跨坐在身上的姿勢，在男人修長手臂牢牢環抱之下，也帶來了禁錮般的掌控感。

「要是再多做一點，說不定能直接放進去。」林俊成吻了下他的側臉，誘哄似的低聲提議。戴培渲的身體細微震顫，後穴也猛然緊縮，牢牢吸附男人的手指。

林俊成知道他喜歡自己的聲音。

「我先做好準備的話，你可以直接進來。」戴培渲咬了咬牙，不太開心地說道。可是林俊成不喜歡他先自己來。

「這樣會剝奪我的樂趣。耐心等待後再開動，不是更美味嗎？」林俊成壓低了嗓音，又放入一根手指，滿意地感覺到相貼的青年渾身震顫。

戴培渲懷疑那句等待，說的其實是他。比起例行公事似的事前準備，被男人的手指撫弄時，內壁變得無比敏感，像是有螞蟻在爬般搔癢，火燒一樣的強烈渴望從下腹蔓延全身。

男人游刃有餘的態度極具魅力，這種把玩著戀人似的態度也許能讓許多小情人暈頭轉向，戴培渲卻莫名感到有點不甘心，不滿過於被動的局勢。

耳朵傳來細微的疼痛。林俊成微微睜大眼，隨即感覺到輕咬他耳朵的漂亮青年伸出了舌尖，煽情地舔吻他的耳垂。

溼潤麻癢的感覺從敏感的耳朵擴散，林俊成深吸了一口氣，對於不安分的戀人感到十分無奈。

「你明天打工放假吧。」林俊成抽出埋在後穴裡的手指，面無表情地說道。

若無其事用赤裸的身軀貼著他，還不忘添亂撩撥的漂亮青年直起了身子，睜著那雙漂亮的眼睛，有點困惑地應聲：「嗯。」

他被男人往床鋪上壓去，雙腿被大大地分開。下一秒，熾熱堅硬的粗長性器拓開了甬道。

「啊……」戴培渲短促的喘息，隨即因為強烈的壓迫感而發不出聲音。

林俊成壓下高大的身子，略顯強勢地推進，後穴被遠比手指還要粗的肉棒一寸寸撐開，一鼓作氣插進了深處。

身下的青年被情欲染紅的嘴唇微張，溼潤的眼睛染上氤氳，喘著氣努力放鬆身體。這時戴培渲突然笑了，漂亮的臉彷彿鍍了光般炫目。

「好硬。」戴培渲眼底浮現一絲狡黠，豔紅的舌尖舔了下嘴唇，充滿笑意地抬眼看身上的男人，「忍很久了？」

林俊成身形一頓，一時之間沒有說話，緩緩地壓低身子，一雙大手握著他的腿，幾乎要留下指印。

「嗯……」

深埋在體內的性器，只要一點擠壓就帶來難耐的快感，男人猛然用力地一頂，重重地撞了好幾下。

「啊、嗯……」

叫聲被溫熱的唇舌堵住，林俊成俯下身子吻了他。毫不客氣地撬開他的嘴唇，吮吸舌尖，在口中盡量翻攪，將戴培渲的喘息盡數吞沒。

戴培渲微瞇著眼睛，一邊承受著猛力的抽插，一邊被男人粗暴地親吻。林俊成似乎很喜歡接吻，彼此關係還有點尷尬時，戴培渲雖然難以抗拒上床的誘惑，卻有點抗拒男人親暱地吻他，彷彿殘存的一絲警醒會隨著次次唇舌相貼，交換著吐息而逐漸消融。

林俊成輕咬他的嘴唇，同時狠狠地撞進最深處。戴培渲居然繳械了。

過早的強烈快感陣陣襲來，男人沒有讓他休息，而是趁著後穴緊縮時，更為猛烈地抽插，享受著緊緻的甬道，猛力操幹起來。

「哈、啊……」好不容易吸到空氣，戴培渲卻只能發出含糊的喘息，被男人強勢的馳騁搞到腦子一團混亂。

原本因為過於漫長的前戲搞得心癢難耐，那種空虛感一掃而空，粗長的性器徹底填滿後穴，凶狠的抽插安撫了體內的每一寸內壁。加大雙人床牢固的床架發出劇烈而快速的悶響，晃動的噪音彷彿凸顯這場情事的淫靡，床上的纖細青年承受著猛烈的撞擊。

「唔……」戴培渲白皙的肌膚染上豔紅，原先沐浴的水氣彷彿全被熱氣蒸發，整個人透著高溫帶來的氤氳，汗水淋漓的肌膚透著煽情，被男人搞得一塌糊塗。

隨著幾下彷彿要將他釘在床上的重重頂弄，男人像是要貫穿他似的，粗長的肉棒插進最深處，終於射在裡面。

熱燙的精液帶來黏稠的熱流，戴培渲終於能夠呼吸，漂亮的眼睛裡也被逼出一點溼潤。

「何必挑撥我呢？」林俊成輕嘆了口氣，「你的體力這麼差。」

林俊成比平時都還要躁進，從一開始就深入淺出地狠操，完全不給他喘息的機會。

戴培渲咬著嘴唇等待過快的心跳平緩，過了幾秒才咬牙說道：「我是平均值以上了，是你不正常。」

想當年他還受邀參加過一些體育競賽選拔，如果繼續練武，說不定有機會成為國手。

「體力是可以鍛鍊的。」林俊成愛憐似的揉他汗溼的頭髮，將癱軟的纖細青年抱進懷裡，「我可以陪你慢跑和重訓。」

「……我現在連走路都有問題。」戴培渲板著臉說道，雙手卻還是不自覺環到林俊成脖子上。他喜歡林俊成即使射了，還是喜歡和他肌膚相親。

即使男人正是把他折騰到肌肉痠痛的罪魁禍首，戴培渲還是向對方尋求撫慰。

林俊成很好地接到了他隱晦的撒嬌，溫柔地揉了揉他的腰，在戴培渲耳邊說道：「多做幾次就會習慣的。」

戴培渲倏然僵硬，林俊成摟緊了他，翻身躺到床上，讓戴培渲趴靠在自己身上。

幸好對方沒有直接來，願意讓他中場休息一下。知道林俊成的體能完全可以辦到，戴培渲心懷感激地安分趴好，小心不碰到身下還很有精神的硬物。

林俊成輕柔地撫著他的背，「待會一起泡澡吧。」

自從和這個男人一起生活後，戴培渲每天洗澡的次數大幅增加。上床前才沖過澡，現在全身又被汗水打溼，更不用說是從股間緩緩流淌出來的黏膩。

雖然無套內射清理很麻煩，可是林俊成都會代勞，每次都會服務周到地幫他清洗乾淨，還常常替他擦一些根本沒有研究過的護膚用品。

最近戴培渲的狀態明顯變好，不僅是外觀上的差異，被同事稱讚更為閃閃發亮，身上那些傷口和結痂也都不癢了。

思及此處，戴培渲猛然直起身子，伸手去拿床頭櫃上的按摩油。

「這個是淡疤的吧？」戴培渲在意很久了。那些繁複香氣並不像是單純彰顯品味的調香，仔細看了瓶身上的成分標示，都是一些標榜著有修復功能的草本植物。

「我聽說這個牌子效果很好。」林俊成承認。他替戴培渲擦了很多天，不過許多長年的疤痕很深，看得出來戴培渲從未妥善照料，一時半刻難以看出效果。

戴培渲沉默半晌，「你很在意嗎？」

本來天生麗質的白皙肌膚上，有著各種醜陋的疤痕。以前他認為只要燈關了就無所謂，可是作為長期伴侶，林俊成卻天天看到這些醒目的痕跡。

「我直接去雷射吧，比較有效率。」戴培渲說道。反正現在醫美那麼發達，他可以研究一下。

「如果你能確保不再受傷，想去就去吧。」林俊成的手撫過他側腰的傷痕，「我在意的是你一直替自己增加傷口。」

戴培渲微微睜大了雙眼。

「我希望你能更在乎自己一點。」

之前戴培渲不客氣地直指他的心理狀況有問題，不想冒險跟會輕生的男人走近，讓林俊成選擇了長期配合治療。可是看過戴培渲的身體，林俊成認為他也需要幫助。

那是近乎自殘的行為。戴培渲以許願池的工作為由，滿不在乎地留下種種傷痕，將家人驟逝懷抱的怒氣出在自己身上。

「……現在不會了。」理解對方的用意，本來還以為林俊成是在嫌棄自己，戴培渲頓時有點心虛，不自覺放軟了語氣。

「那就不用去雷射，我會每天幫你擦淡疤的護膚品。受了傷，就要花費時間和心力，耐心讓它痊癒。」林俊成笑著說道。「我花的功夫越多，你越會注意別受傷。」

其實意外在意麻煩別人的戴培渲被摸透了性格，頓時面紅耳赤，緩緩地在林俊成胸口趴下，「……要是傷疤還沒好，你就累了怎麼辦？」

「我會留意自身狀態，適時領取合理的報酬。」林俊成意有所指地說道，撫摸戴培渲腰部的手緩緩下滑。

察覺男人的等待到了極限，戴培渲放鬆身子，接受下一回合的索求，反正他明天不用上班。

——番外二〈例行公事〉完

——《給愛慕者的殺人委託》全系列完

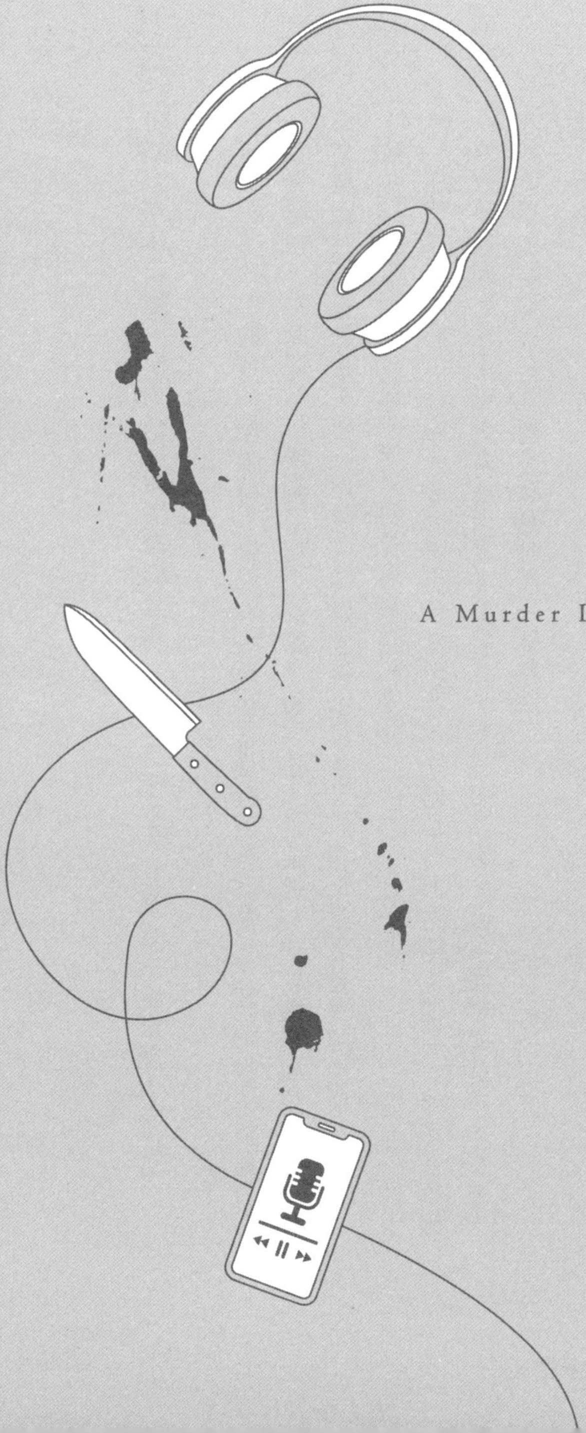

A Murder Deal for the Admirer

後記

大家好我是一樹，很感謝閱讀到這邊，希望這個故事有帶來一點樂趣！

二〇二二年的疫情尾聲時，醫院的大廳還在進行嚴格管制，住院的病人只能有一位家屬陪病，那時我的母親動了個頸部的手術，本來就很擔心成功機率和院內感染，結果還因為術後恢復不佳，出院的時間延後了很多天，我也跟著在醫院裡住了很久，人生中第一次清楚意識到家人可能會離自己而去。

那時我自己的工作和身心健康也受到影響，在創作方面也陷入僵局，雖然在網路上寫故事很開心，不過身處娛樂眾多的時代，有沒有頻繁更新、題材的選擇，都會大大影響到大家在 SNS 上願不願意點開一部作品。

儘管感到心急，當時我手邊只有比較慢熱的故事，並不適合在很久沒有連載的狀態下放到平臺上，而且也沒有時間精力多寫容易被接受的快樂甜文，正覺得自己的作者生涯可能無力重建時，收到了朧月書版的邀請，感覺像是在人生中看到了一線曙光。

雖然現實裡沒辦法蒙太奇快轉，我還是花了快一年的時間慢慢重新回到寫作生活，不過寫東西果然還是很開心。

這次的作品不像我以前的舒適圈，有著很快的雙向暗戀、偏執的攻與很寵攻的小狗受，是兩個很獨來獨往的都市人，因為一點契機才有了深入連結的故事。

這個時代大家都很忙碌，工作了幾年後可能不知不覺就疏忽人際關係，而在VTuber、YouTuber和Podcaster以及各種KOL的生活分享之下，似乎很容易找到與人互動的代理滿足，可是在自己過得很好之餘，也希望美好的人們都能夠在這個有點辛苦的世界找到心靈相通的歸屬，是當初構思這個故事的契機，希望有帶來一點治癒:)

最後附上我的社群平臺，也希望有機會再次見面！

噗浪：https://www.plurk.com/niwa0330

臉書：https://facebook.com/izuki2323

一樹

高寶書版集團
gobooks.com.tw

FH092

給愛慕者的殺人委託

作　　者　一樹
繪　　者　Ahoi
編　　輯　薛怡冠
美術編輯　林鈞儀
排　　版　彭立瑋
企　　畫　黃子晏

發 行 人　朱凱蕾
出　　版　朧月書版股份有限公司
Hazy Moon Publishing Co., Ltd
地　　址　臺北市內湖區洲子街88號3樓
網　　址　www.gobooks.com.tw
電　　話　(02) 27992788
電　　郵　readers@gobooks.com.tw（讀者服務部）
傳　　真　出版部　(02) 27990909　行銷部 (02) 27993088
郵政劃撥　19394552
戶　　名　英屬維京群島商高寶國際有限公司台灣分公司
發　　行　英屬維京群島商高寶國際有限公司台灣分公司 / Printed in Taiwan
Global Group Holdings, Ltd.
法律顧問　永然聯合法律事務所
初版日期　2024年9月

國家圖書館出版品預行編目(CIP)資料

給愛慕者的殺人委託 / 一樹著.-- 初版. -- 臺北市：朧月書版股份有限公司出版：英屬維京群島商高寶國際有限公司臺灣分公司發行, 2024.09-
面；　公分. --

ISBN 978-626-7362-54-9 (平裝)

863.57　　113002357